今天我拥有10分钟彩虹

郭其俊　陶波——主编

中国大百科全书出版社　知藏出版社

图书在版编目（CIP）数据

今天我拥有 10 分钟彩虹 / 郭其俊，陶波主编 . —— 北京：知识出版社，2021.3

（致青春·中国青少年成长书系）

ISBN 978-7-5215-0326-5

Ⅰ. ①今… Ⅱ. ①郭… ②陶… Ⅲ. ①散文集—中国—当代 Ⅳ. ① I267

中国版本图书馆 CIP 数据核字（2021）第 027685 号

今天我拥有 10 分钟彩虹　　郭其俊　陶　波 主编

出 版 人	姜钦云
图书统筹	朱金叶
责任编辑	姚常龄
责任印制	陈　凡
美术编辑	张　婷
出版发行	知识出版社
地　　址	北京市西城区阜成门北大街 17 号
邮　　编	100037
网　　址	http://www.ecph.com.cn
电　　话	010-88390659
印　　刷	阳谷毕升印务有限公司
开　　本	660mm×930mm　1/16
字　　数	156 千字
印　　张	13.5
版　　次	2021 年 3 月第 1 版
印　　次	2021 年 4 月第 1 次印刷
书　　号	ISBN 978-7-5215-0326-5
定　　价	36.00 元

就是这种味道

我的英雄

掌握爱的能力

治愈这个世界

夜幕下群星闪耀

跨越时间与空间的对话

就是这种味道

与彩虹的不期而遇

刘 佳

今天,我拥有了10分钟的彩虹。当我从睡梦中清醒,望向窗外发呆的时候,意外捕捉了小半截彩虹。就这么与她不期而遇,她的模样却深深映入眼底,刻入了我心里。

也许是被一周的暴雨所干扰、压抑的心情,此刻,天边出现一道彩虹,我不仅睡意全无,心情也似冲到了乌云之上,我忍不住想向周围的人们分享快乐。这种感觉就像吃了一大口无籽西瓜的正中心,是幸福和清甜;就像在许久未穿的衣服口袋摸到找了很久的珍贵照片,是幸运和释然;像站在来回摇晃的铁索桥上,是紧张又兴奋。

很想跑起来,很想跑去告诉所有我想告诉的人,想让所有我喜欢的人都能够看到这美丽的彩虹,我想和他们分享快乐和好运。

对我们而言,生活就是一本太仓促的书,今日的章节还没有看完,没有读明白,就不得不要翻到下页开始新的一章了。

我们在这安托山上过着三点一线的生活。可曾留意过六点时朝阳从云层中探出头来,放射着光芒与希望；可曾留心窗外的小叶榄仁何时吐了新芽，随微风颤动，如小小蝴蝶翩翩起舞；可曾驻足观赏过山上的晚霞，在夕阳下它色彩艳丽饱满美如油画，连归鸟都为它痴迷。可还记得，路过教室外那个笑声爽朗的女孩，不经易间撩拨发丝，似乎也撩动了教室里人的心弦；可还记得和朋友互揽着撑着一把小伞，在雨中潇洒奔跑，才感慨青春本该是如此坦荡与自在。原来，我们和美好总是不期而遇的。

"生活绝对不会是属于上帝的，而是普通人的欢笑和泪水。"尽管生活仓促，但绝不能让它白白从缝隙中流走。有时我们可以放缓脚步，多留心生活中的小细节。在细缝中，让美好可以破土而出。我们过着最朴素的生活，深藏最遥远的梦想，即使明天可能还会有大暴雨，但此时此刻的彩虹绝对不能错过。

听说彩虹是由多种颜色合成的，又是多种颜色的缺失，它既是虚无又是所有。

它究竟是什么呢？下一次又会是何时何地出现？

若非要探究个所以然来，蹲守在下一个地点去盼望，恐怕，就会失去了诸多的乐趣。

所以，不如让每一天怀揣着遇见彩虹的心情，也许下一秒便会和美好相逢了。

红岭的天空

张誉潆

红岭中学坐落在半山腰上，虽然山并不高，但在红岭山上还是和在山下看到的天空不一样。

有一次，我在周日返校时，山下的天此时看起来灰蒙蒙的，大片大片灰暗的云飘着，令人阴郁。当我拉着行李箱气喘吁吁地走进校园，往山下望去，天空仍旧是灰的，但抬头向山上望，天空却湛蓝湛蓝，虽然有云，但蓝天白云，让人倍感舒适。真的很神奇，阳光透过层层白云，蓝天衬着白云，画面很美。然而山下却是灰色的天空，真的颇有一种身在此山中才能见得到的纯粹的味道。

记得有次，我想要爬上山来看日出，结果起床晚了些，但还是看到了正在逐渐变化的天空。此刻太阳还未出来，发出的光将天边地平线处的一点点浸染成淡橙色，再往高处望去，便是无边的淡蓝的天空，整个天空的色调，是浅浅的、淡淡的，宁静而又小清新，在斜上方清晰可见的月亮还挂在天上，白中带着些透明的。看起来不像晚上那黄亮色的月亮，这时的月亮展现出另一种美，我不会描述，但仔细看过了，我就会记住它的样子，在淡蓝的天空的映衬下，显得有些奇幻、清晰、朦胧。

　　但是，我最爱的还是红岭傍晚的天空。冬日晚六点多训练完，我自体育馆出来天空漆黑，夏日晚七点多的天却还是湛蓝的，我都觉得奇妙。冬天黑得早，看不到好看的晚霞，而夏日的傍晚，红岭的天空真的好美好美，在这里，我见过飞机穿梭后留下的十字云，被夕阳染上了梦幻的粉色；见过卷卷的白云，被夕阳燃烧的壮丽景观；见过夕阳透过云层射出了金色光芒；见过满天的鱼鳞纹云层，被夕阳染上了霸气的橙色。红岭傍晚的天空各式各样，每一种都美得出奇。

　　红岭的天空我已经看了很多种，但我仍想再次看看繁星满天的景象，愿哪一个晴朗无云夜晚，在开完"夜车"之后，我能够遇到它。

找自己的茬

黄思果

　　平日里我最烦别人找茬，鸡蛋里挑骨头或无事生非。虽然事后会悄悄地反省一下自己，被别人找出来的"茬"，然后再悄咪咪改掉，但第二天碰到那个人的时候，我还忍不住在心里嘟囔一句：真是个讨厌的家伙。

　　人人皆有茬，皆有做得不好的地方，这是真理。既然怕别人找自己茬，在大庭广众之下丢人现眼，倒不如自己先给自己找茬，从最简单的出门前照照镜子，整理下自己的形象，免得被别人细细打量你美丽的脸蛋良久，然后说：哈！眼屎！这种尴尬的时刻最好永远不要到来。

　　在学习中最不可避免地被找茬，就是没完没了的考试。考试何时才是个尽头啊，就挑你的"刺儿"，慢着，前提是我们还有茬可挑，有茬可找，哪块知识点学的不扎实，哪方面没有兼顾到。

　　因此，我们何不在每学期必须经历的"大找茬"之间寻得喘息的机会，给自己找茬呢，自己找自己的茬，可没有什么尴尬的，天知地不知，我知你不知，茬被找出来了，就要努力改正，这就不用说了。

日常生活与社会交往中也是这样，曾子说过的"吾日三省吾身"就是这个道理，如果你善于找自己的茬，不但会越来越优秀，心智也会越来越成熟，即使身边总有那么几个爱找你茬、爱找麻烦的人，Who care?

写给自卑的我的信

林 岚

我好呀!

"我",是自卑的我,不同于我拥有的其他自我,她们几乎都是从我一出生就伴随而生的。这个"我"其实是在我成长过程中出生的。

说实话,我也记不清是在什么时候我的身体里多出来这么一个"我"的。但事实证明,这个"我",已经是我难以割舍的一部分了。

我本来是一个极其自信的小女孩,听妈妈说,在我小时候——也就是"我"还没诞生时,只要有音乐我就跟着节奏开始跳舞,也不怕多少人围着我看,我都能跳得异常乐呵,我小的时候还很爱美,总觉得自己理应是小朋友中最好看的。

但随着"我"慢慢产生,自信的我,就退休了,取而代之的,就是这个新的"我"。

可即使这个"我"突然就成了新我,我以往的脾性还是没改过来,但之前的乖张是因为对自己有信心,而如今的张扬不过是为了讨人喜的外壳罢了。

是这样的,由于这个"我"的突然到来,又加上青春期在作怪,我变得很在意别人的看法。不敢在公开的场合独唱，因为会有人笑话我；不敢在公开的场合跳舞，因为会有人对我指手画脚；不敢在别人面前显露自己的缺点，因为会显得我很失败。

"一定要让别人喜欢我！"这个想法突然成了我的固式思维，于是我用别人所喜欢的开朗、张扬、爱表演、搞笑这一层层茧壳似的标签，紧牢地贴在自己身上。这个茧壳越做越厚，就好像这茧壳真的就是我了，也可能真的就是我了。因为，一个人，面具戴久了，会死死地黏在脸上，就好像那个人天生就长成那样似的。

可捅破茧壳，砸碎面具，畏缩在里面的，是那个"我"。

与毛毛虫会破茧成蝶不同的是，那个"我"，不会破蛹而出，更不会变成蝴蝶。

可我也不喜欢这个"我"，这个"我"太软弱，太令人厌恶，这种自卑的人，都不知道自己的价值在何处，像一团轻飘飘的草球，任人踢的样子，真让人看不下去。

但我几次试图打败"我"，让另一个新的自信的我上位，都以失败告终。"我"太强大了，强大到一句话就把我说服，一个眼神就把我刺穿。

消极的东西很难打败，我才认识到这一点。

有人说："有的同学，总是怕自己丢人，有什么人好丢的？你是在国家上多重要啊还是在世界上多重要啊怎么的？"其实，"我"的存在，不仅仅是怕不怕丢人那么简单了，她更像是一种难以根治的病，可不是说没就没的东西。而别人不理解而说出来的话，比剑还伤人。而"我"却只会更强大，我只会更弱小。

有人说："自卑的人，都有一颗玻璃心，说不得。"不。这是完全错误的说法。只不过，看最后留下的是我，还是"我"了。

镜子、镜头，会留下我的丑陋；录音机，会留下我难听的声音……这是自卑的表现，很正常，也很讨厌。

没人希望自己又丑又蠢。但无奈，自卑的我老这么认为，怎么办呢？

我相信真我一定能打败自卑的我。

就是这种味道

王沅怡

　　"怎么样？好像有点那样的味道哦！"

　　"嗯，很有味道，很有味道！"

　　这两句话是我们波波老师上课最常用的口头禅，当然，还要配上波波老师手卷课本，低头深思品味的表情才更有味道。

　　其实语文课上听波波老师讲这句评价完全不突兀，很自然，但当每天回想起语文课情景的时候，这些说"味道"的话又让我觉得有突兀感，踩中我的笑点。

　　这种味道是什么味道呢？

　　想了许久，我认为这是中华文化博大精深的味道吧！

　　古代先哲们的思想经典又深刻，对不同的人产生不同的阅读感受，所以来自不同同学口中的理解都不尽相同，而每一个回答都暗含同学们各自的心理感受、逻辑过程，或与老师认为的接近或自成一派，却深刻有力，给听者的感受也大为不同，也就有了那种味道——精心咀嚼消化后的味道。

　　而中国语言本身形象生动，这份理解够深入、精辟了，那形象很有味道，就非常自然，在情理之中。

这种味道又是波波老师课堂特有的味道。

我们都知道波波老师喜欢布置任务，让我们成为讲课者，而自己却在下面听讲记笔记。

面对任务，有的同学应付，有的同学精心策划，可不论怎样，波波老师每次都能面对同学们讲课时的 PPT，低头思索，沉醉其中，认真聆听我们的讲解。

波波老师讲课时更是如此，无论是诗词还是古文还是现代文，老师一定先沉醉其中的背景、意境、情感再向我们讲述，将我们一步一步地拉入文本里头，这种语文课的体验是我之前从来未有过的。

小学、初中的语文课约等于背诵课，老师只告诉你这"屋"里是什么，上课就让我们进"屋"，剩下的就靠自己了，老师就站在门的旁边，袖手旁观注视着，并督促你"好好学"，等到下课铃的响起再把门打开。

而波波老师却是先进这扇门，布置妥当之后再打开门，然后欢迎你的进入，再讲自己的感受与我们分享，用作者的情感感染我们，这样，连文学素养极低的我有时也会有一些感触。

食物的味道让人垂涎三尺，文学的味道让人心旷神怡。

我想，就是这种味道吧！

我们语文课的味道。

我们的变化

刘灏敏

我从小就是一个自卑的人。

我现在仍然时时能想起，小学和初一那个时期，十岁出头的我，是一个成绩平平，黑黑胖胖，更没有什么特长的小姑娘。那时的我，没有在班上担任一官半职，却总是对什么事情都特别热心肠，发课间餐的是我，擦黑板的也是我。那时的我，虽然有几个玩伴，但从来不敢主动跟班上的男同学说上一句话，甚至不敢向篮球场上那个高高跃起的身影投去多余的一点目光。那时的我，也向往着漂亮的裙子，但看看自己肉肉的手臂，就只剩下一口小声的轻叹了。

后来，我遇见了很多不同的、比我优秀得多的人，后来体重秤上的指针一点点地归向理想的数字，后来我和朋友们谈论的不只是"韩流明星"和综艺节目，后来老师也能特别关注到我。

很多很多个后来，后来就到了现在，我十六岁了。

有一些从小一起长大的朋友说，你变了很多，都快认不出你了。我有时也觉得自己这些年，不仅仅只是年岁增长了，也变得比以前更优秀了。可是心里又常常有个声音在说着不同的话。

那个声音在说："不，你没有以前那么好了。"

你变得小心翼翼了，你待朋友皆保留三分，你口是心非的时候越来越多了，你很少对什么事情或哪个人产生热情了，你很难踏踏实实地安于学习了。

把那么多珍贵的东西都丢掉的我，是真的成长了吗？

高中的老师和身边的朋友只见过我现在的样子，为了得到答案，我联系了初中的班主任雅琴老师。说来也很奇妙，和她相处的那三年我虽然很喜欢她，但心中总是对这个精干又泼辣的美女老师存着一丝敬畏之情的。到现在毕了业，却觉得她的确是我的贵人，见证了也引导着我一点点地变化，也许她是懂我的。

我将心中的困惑如实说来，其间情绪起伏很大，不免讲述地磕磕绊绊，我甚至不确定她能否听清楚我的意思。等我讲完话，电话那头是短暂的沉默，她特有的那种娇俏的声音传来，我听着应着，心里便有什么在慢慢清晰。

那天我们聊了很久，我想她大概想说的是，我们这一生只有两个阶段，一个叫学习，一个叫输出。前者占据了我们一生中很大很大的一部分，也许有人一辈子都停留在这个阶段。而无论是十岁还是二十岁的我们，都正处于这个阶段，我们像海绵一样浸泡在一个个环境里，在吸收水分和养分的同时形成我们自己的价值观和待人处事的一套方法。但是尽管你学到了很多东西，你还是你，那块"海绵"。从前你是柔软的，泡一会儿水你也不会像石头一样坚硬；从前你棱角分明，尽管被水的压力磨得光滑，但你的棱角仍在，只是被收藏在你的身体里了。

所以当青春期的我们发现自己与从前不太一样的时候，不要着急判断你是变好了还是变坏了，你没有变，你还是你，只不过是一个见过更多风景，结识过更多朋友的你。没错，是更好的你。

等时间

刘诗怡

俗语说"时间从不等人",而我却总在等时间。

周日来到学校后,我就等着下一个周五的到来。

每天早晨匆匆忙忙,只等那四十分钟"死线",才不得不出宿舍,到操场上,等着做操。

分针转到那里了?我才等到熟悉的节奏。

不知多少次课堂上萦绕着老师有力的话语,而我的余光却总是被那黑白的滴答机器给攥住。

"滴答",嗡——谢天谢地!终于下课了……

快到傍晚我又在食堂里早早排好队,等固定的5:20开饭,我等它等的好煎熬!

有时候,我感觉自己的人生就是在等时间,等待最终走进无尽的黑暗,在这漫长等待无尽黑暗的过程中,我无法逃过自己的命运。

在远古时代,人们没有当下现代社会的时间概念,只能日出而作,日落而息。随着社会经济、文化、科学的进一步发展,我们对时间有了全新的要求。精确到时、精确到分、再到秒,但还不够,不够统一,每个人的时间是不同的,每个地方的时间也是不同的,那就统一吧!

现在是北京时间 23:00，究竟是等谁的时间呢？

　　很怀念，那个时候，浅浅的霞光从路灯的灯罩洒下来，远处落日缓缓下沉。我和小伙伴们放学后站在十字路口，笑得前俯后仰，不过马路也不着急，有认识的同学用诧异的眼光看着我们，我们中一个人回答道：我们在等时间。

　　想出这个词的人真是天才啊！

因为爱你，所以拥抱

林岚

　　有次同桌问我，最喜欢别人对我做什么肢体动作？我回答："拥抱！"

　　但与其说我喜欢我喜欢的人拥抱我，不如说我喜欢拥抱我喜欢的人。

　　这是一个让人有安全感的动作。两个人身体最重要的部位可以放心地交给对方，手臂环绕着彼此。手掌可以在背后触摸彼此的心跳。这样的时刻，这样与所爱的人，拥抱的时刻，真的让人心安。

　　我的拥抱姿势与被拥抱的人的关系而有很大的差异。如果刚认识，那么，我不会拥抱他，因为这时拥抱会显得无力而唐突；但是，如果对方需要一个拥抱，我也会伸出手臂给他一个拥抱。对我来说，拥抱是一样我可以用之不尽的财富，我绝对不会苛责自己不去使用。如果我认识一个人很久，但关系不是很亲密，那么我抱他，仅仅只会在肩膀以上有肢体接触；但是如果是我喜欢的人，关系很亲密，我就给他一个熊抱。

　　就像我妈妈，有时候因为太爱她了，我就抱得很紧，让她喘不过气，她就会大喊："林岚，你要把我抱没气了！"

就像我的同桌杜依淇，我也常抱得很紧让她喘不过气，她就大喊："林岚，你要把我挤扁了！"

李佳倩常常被我抱的莫名其妙，但她还是会回应我的拥抱。

特美、灏敏也常常拥抱我，我也喜欢向她们索要拥抱……

有一个地方是世界上最温暖的地方，是我喜爱的人的怀里，那个地方，我常去！

我和 Excuse me 的"约会"

郑宁佳

这次义卖会我有三个身份：顾客、摊主，还有就是义演人员。"义演人员"是我一想到就会心跳加速的名字。

我们乐队队名叫作 Excuse me，八个爱好音乐的小朋友组成了这个目前还不知名的小乐队。我很荣幸地成了 EXM 的队长。在成立之初所有队员短暂的激动之后，我们遭受了五佳组合落选的打击。分析了一下，原因有很多种，当然，我们自身配合不够默契才是主要原因。这之后，我们一度困惑迷茫，想要放弃，好在大家互相鼓励，不知不觉，跌跌撞撞走到了现在。人还是原来的人，大家的心却散得差不多了，前景堪忧。

可以说，义卖会的表演对我们来说是一个"生死攸关"的转机。听说要表演的消息后，我兴奋地几乎一夜没合眼，有一种"柳暗花明又一村"的感觉。第二天，我起床后第一件事就是挨个通知他们。每个成员都在不同的班级，不同楼层的都有，课间时间又有限，我跑得飞快，也不知道为什么能跑这么快，当时脑子里就一句话"我们有救了"。

我永远记得为准备义卖表演第一次排练的情景。那个每次社团课都只顾写作业的小明这次书包都没带来；缺勤 N 多次，神龙见首不见尾的 wenger 这次竟然第一个到了排练室；我在很远的地方就听到了阿 B 的鼓声；亮亮一直都是全乐队最认真的，这次还是一如既往的认真；老龟把她生锈的琴弦换了新的，听起来棒极了；主唱三月自己掏腰包买了一个新话筒，终于不用扯着嗓子唱歌了；三金是这学期新加入的成员，尽管这次义卖会表演他暂时不能上场，但他还是请假来看我们排练，后来他私下和我说："队长你相信我，我一定会努力的。"他一定以为我们一直都是这么认真地排练的。

　　于是我们直接合音了。就是这么神奇，几个月没有合过了，这一次竟出奇得好，节奏也稳，强弱也到位，最主要的是大家配合异常默契，再多加练习，就更加完美了。这是我当时的感觉，现在想想，实际上并没有这么好，是大家心里都有了希望，热情又重新被点燃的原因吧，但是，那一次的自信确实给我们带来了很大动力。

　　一周排练四次，一次两小时，这样坚持了三周。这在以前是想都不敢想的事情。但毕竟是没有磨平棱角的少年，小摩擦在所难免。这时候，协调、劝解就是我应该做的了。

　　那一天队员合了一遍给学姐听，她听完并无赞美之词，反而接连提了几个问题，这对于胸有成竹的我们来说无疑是一个小小的打击。然而我不死心，追着学姐问，她只说："摇滚社的希望都寄托在你们身上了，好好干！"我似乎明了学姐的意图，转而告诉大家。终于得到学姐的认可，我们更加自信了。

　　后天将会是我们第一次在全校面前表演。不管在别人眼中，我们做的事情有多幼稚可笑，我还是会大声告诉他们——这是我们的选择，是我们热衷的事情。

背靠背与肩并肩

王沅怡

　　看到过这样一个投票问题，与朋友同行你更喜欢背靠背还是肩并肩？我的第一反应是肩并肩，而投票结果显示大多数女生会选择后者，大多数男生会选择前者。

　　原来友谊也有性别之分。周四下午我在宿舍楼梯上，看到一位挂着双拐的男生正小心翼翼地下楼梯，他的前面有两位男生在下一节楼梯处等他，后面还有两个男生贴的很近，其中一个人还背着两个书包。很明显，这四位男生都在等那个同学。

　　但我又觉得奇怪，这四个人上手去帮忙他不就完了吗？安全又快捷，还不会"堵塞交通"，果不其然，那位挂着双拐的同学在最后两节阶梯的时候滑倒了，前后四人连忙过去将他扶起来，还不忘"嘲笑"一番。那位挂着双拐的同学在一阵欢笑声中走向了教学楼。

　　我突然有些惊诧，这或许就是男生们的相处模式吧，互帮互助但不溺爱，嬉笑打闹，互损不给对方面子，虽然都是高中生，仍然热衷于小学生的游戏，为人粗线条却能在球场上严丝密合的配合。

反观女生的友谊则完全不同的相处模式，形影不离是常态，彼此陪伴似乎能让人的心都坚定了起来，毫无条件地坚定支持，毫无保留地分享，从家庭说到"爱豆"，从天南说到地北。

　　男生的友谊就像背靠背，将后背毫无保留交给对方，女生的友谊就像肩并肩，共同面对，共同经历。

　　青春是什么？是年龄？是心态？其实都不是，我觉得应该是在你背后或者是与你肩并肩的那个人同在一起的时光。

听　雨

王晓铮

　　夜半惊醒，我坐起身，倚在窗边，掀开厚厚的窗帘，在无星无月的夜晚，听了一场雨。

　　我感受那每一位勇敢的鼓者落在我窗边，这是风也留不住的固执，看每一滴水珠相聚在我窗外，是他乡遇故知的泪痕。雨是云的旅程。兜兜转转，在这个寂静无声的夜晚，歌唱着来自苍穹的遥望——在我的窗边、耳畔、心间。悄悄地、轻轻地，对我、对每一个深夜里辗转反侧的人，诉说它的故事。

　　它告诉我它去过了太多太多的地方，看过了太多太多春与秋，见证了太多太多的变化。它若落在春风沉醉的夜晚，是细密缠绵、润物无声的。连它也不知那从天到地不绝如缕的帘幕之中，潜藏了多少勃勃生机。这样的雨落在地上，钻出的是幼嫩清香的春笋；落在心里，是温润柔情的慰藉，从严冬到暖春，从昏沉灰暗到欣欣向荣，也不过就是一场雨的事情。

　　倘若，它落在盛夏的午后，是肆意轻狂、无拘无束的，挟卷着电闪雷鸣，以势如破竹之势袭向人间，敲打着院中浓绿的芭蕉叶，恍惚刀枪剑戟般万马齐暗。春天时轻柔舒缓的夜曲此刻变成了慷慨激昂的战鼓，春天时唤醒生命的鼓点变成了划破天幕的利剑。一场酣畅淋漓的雨，从炎热沉闷中撕出一缕清凉。它告诉我春雨夏雨、秋雨冬雨、喜雨苦雨、新雨旧雨，其实都是它，水还是千百万年前的那一滴，变的是人世与心田。

它告诉我，连它自己也忘了第一次从天边坠落是什么时候，当时的世界是个什么模样。它说，活久了就这一点不好，见得太多了，弄得它也不清楚自己曾见证了人类多少鲜妍明媚、风生水起，又暗含了多少四面楚歌、十面埋伏；多少春风得意、诗酒临江；又多少朱楼倾颓、朝代更替。我问它，帝王宫阙是否真如书上所说那般富丽堂皇，它说这些化为灰掩于土早忘了；我问它，美人粉面是否真如书上所说见之忘俗，它说蚁虫啃食早成白骨的东西谁还记得。

我又问它，可曾抚过西行僧人珍藏的袈裟，或挽留过乱世不群者赴死的一跃？它默了默，说有过的。我再问它，可曾悲叹于黄海沉没的军舰，感动于一月十一日十里长街的相送？它没有说话。我问它，那军舰再大总大不过君主华丽的宫殿，一个化为尘土一个沉入海底，为什么记得军舰不记得宫阙？那袈裟再精致总抵不过惊世的红颜，同是无处可寻凭什么……它叹了口气，打断了我，说宫殿尘土美人白骨，唯有情义真心永世不朽。它说那将军兵士以身殉国之日，黑云翻墨白雨跳珠，它随之落在硝烟未散的海面，不慎淋湿了怒睁的眼眸，哪怕那个地方早已有了天翻地覆的改变，它也始终无法忘记那日萦在海上岸边驱不散的悲痛。此刻，它还要说，我打断了它。我觉得我不必再问了，它也不必再说了。

在无星无月的夜晚，我倚在窗边，听一场雨。为我而下，为你而下，为每一个听见的人下。

蜗 牛

罗安琪

　　有一棵凋零的树，生长在公路旁，我扶着树干的手伸出又收回，在树的荫蔽下，顺着雨水，默默地站立着。

　　霓虹灯下汽车的喇叭声，伞被拍打的雨声，人群匆忙急促的脚步声，让整个世界变得很窄小。听着风声，叶子摩挲的声音，仿佛朝着一个方向，告诉我一个坚强的小生命，在这年老斑驳的树干上蠕动，不用触摸我便能觉知他的身体是如此柔软，感觉只要我轻轻抚摸一下，他就会觉得很痛，任世界嘈杂纷争，他都选择活在自己的柔软里。我生怕把他吓到，只得静静地站在树旁，看着这小家伙缓慢地行走，竟然没有觉得不耐烦，只觉得就似如温柔宁静的水，仿佛这一刻我所感受到的城市喧嚣，被他清洗，留下了一份岁月的静美。

　　蜗牛小小的壳里是小小的身躯，小小的它有大大的梦想，从重重的壳里伸出头，轻轻地仰望，想要一步一步的往上爬，等待着雨后的阳光来照耀它。

　　我们的生活节奏，如此之快，以至于有时忘记了回头看看来时的路，而蜗牛的速度是如此之慢，在自己走过的路上还留下了痕迹，不至于遗忘。比起忙碌的人类来，他的眼中看到的或许是树干上沾上的一颗泥土，带着奇异的芳香，或许是今早那棵无名小草上的露珠，闪着绿光，它才无暇注意到我正如此的温柔地看着它。

　　一花一世界，一叶一菩提。大概就是蜗牛的生活吧。

难得一次，必当珍惜

陈倩儿

对于运动会的体验我好像和大家都不太一样。

开幕式前几天都是灰蒙蒙的天夹着零星的雨，秋风懒洋洋地钻过我的发丝间。换作平时我会想，这种舒服的天气最适合比赛了，但那时的我却不那么乐观——这种天气拍出来的照片视频会好看吗？日出还拍得了吗？

开幕式当天是我的生日，起床第一件事就是到阳台看看天气如何，却发现安托山的天已被云层覆盖，我怀着一丝侥幸可怜地四处张望，还是看不到一点太阳的影子。

从上午第一节课开始，我的心思就已经飘到了操场上去了，中午放学铃声一响，我踏着上战场般的步伐走向主控室。说来也奇怪，不过是第二次经历，我却已经很好地接受了自己不能参加开幕式表演的现实，但看到女孩子们化着美丽的妆容穿着漂亮的裙子，而自己披着丑陋的红马甲抱着相机在操场上穿梭时，说不羡慕，那是假的。

少了初中部入场，时间被略微压缩，倒是减轻了我们的工作量，拖着疲惫的身躯将拍摄素材交至做后期剪辑的同学手中时，我有种奇异的冲动，我想拍拍他的肩膀望着他，说："同志，接下来就靠你了。"但我还是克制住了自己的冲动，毕竟我们没有时间开玩笑，在第一节晚自习前把视频做出来才是最重要的。

就算进入学校电视台已经一年了，每次看到后期同学手指灵活地在键盘和鼠标上游走，把我的无厘头剪辑要求变得有条不紊时，我都不禁感叹，他们真的是魔术师。而我，是观众席目瞪口呆惊叫连连的观众，毕竟单单让我去看自己拍的一大堆素材都够让我头疼，何谈把它们变成一个连贯的短片。所以每当遇到有人企图让我们用几个小时给他做出一个完整的视频时，我的白眼总比我意识到的翻得还快。

当天拍摄当天做出视频，难度很大，但既然我们的学长学姐以前都做到了，我们就必须做到，而且要做得更好。

所以当我们赶在新闻时间前几分钟将视频做完时，大家都笑了，这种笑是发自内心的，是喜悦、是激动，也终于轻松地叹了口气。

终于洗完澡后躺在自己温馨的宿舍小床上时，我已经忘记了今天是自己的生日，打开手机却收到了许多生日祝福的短信。一瞬间有点恍惚，今天，也算过了个特别的生日呢。

之后的几天我也是在忙碌中度过，偶尔会气自己怎么哪些安排想的不周到，偶尔会气学弟学妹不让人省心，偶尔会气天空为什么不蓝……

但更多时候还是骄傲，自豪。

要说自己真的不算是一个称职的十七班一员，两天半的时间，除了每天晚上两节晚自习，其余时间没有一刻在班里。在操场上看见那一抹抹代表十七班的黄色时，看到大家相互打气，在跑道上坚定地向前冲时，我有那么一瞬热泪盈眶。

真好。

再说我最热爱的一个团体——电视台。我很早以前就说过，这个部门和别的部门不一样，我不用喜欢形容，而用热爱来形容，是因为它的存在早已超过了它本身所代表的含义。我们不仅仅是一群热爱影视的人，我们是一群爱着彼此的人。

　　无数次的高强度工作令我产生了退却的想法，但却永远不会让我真正想要离开。因为在这里我有归属感。和我喜欢的人在一起做我喜欢的事，我觉得我很幸福。

　　所以当闭幕式结束的那个晚上，天色渐暗，当时状况百出，我们照例要在操场上用道具摆成大大的 HLTV 四个字母合照时，我觉得我已经无力组织了，累到好像下一秒就能昏睡过去。可是我听到学弟学妹他们叫我的名字，等着我的安排时，我又觉得，我好像还能坚持下去。

　　某种程度上，我很喜欢"一期一会"这个词，因为它代表着美好的相遇，或许是在飘着樱花的冬日，或许是在傍晚的晚霞前，又或许只是在街边的转角路口，但它一定是美好的；某种程度上，我又极其讨厌这个词，因为它代表着分离，转瞬即逝的岁月。

　　难得一面，世当珍惜。于十七班，于电视台，于你，于我。

人间温暖有你们

马佳玲

　　我现在已经不能正视《在人间》这首歌了。表演完之后，对着手机的歌单，我几次想删掉这首看上去我不会再碰的歌。可是，我犹豫了几次，它还是被保留了下来。除了对它纯粹的喜爱，还有对其包含的温暖的回忆的难忘。

　　"这次歌唱比赛有些歌能加分"，可惜，这首加入了英文部分的《在人间》看上去怎么也不和"华夏之韵"搭边。我又想起了心理老师之前说过的话，"那些评委没有理解我们这个心理剧，它反映的是个人的问题，但是个人不重要吗，其实每个个体反映的也是一种社会现象"。我们班的心理剧代表学校比赛时，没能在一群讲"社会主义核心价值观"的表演中脱颖而出。可是我们不一样，似乎十七班中的每个我们都能在这首歌中找到自己，自己热爱的才会真的动听。

　　那是一个由刘新锐妈妈送来的奶茶浸泡的下午。我们听了几次原唱后便开始跟着哼唱。说是"高中的最后一次合唱比赛"听上去总是有些矫情，其实，对于十七班的我们而言，不管是哪一次，什么活动，大家总是有着要一起奉献出最佳表演状态的默契。灏敏、肚脐仔在讲台上纠结着怎么让我们一下子唱到"在人间"，又给我们讲解了好几次高音要怎么唱、口腔应该怎样、气是什么样的，灏敏也个人独唱了几句给我们示范，成功地得到了我们的掌声。可能有些人在大家面前唱歌有些怯弱，可能有些人对唱歌一窍不通的心有余而力不足，但是我们都在认真地尝试，在是这样还是那样中自己暗暗揣摩，寻找着最好的状态。或许是开始了合唱的练习，或许是奶茶的甜味浸入心里，连排练结束后大家有一句没一句的闲聊也显得那么温馨惬意。

那是一个忙着写《阿房宫赋》且挑领唱的下午。我们一边没有停下手中的笔，一边听几个竞争的同学的演唱。不用说，台上的同学唱得都很好听，掌声也是一阵一阵响起。马上，就到了文科班共同的软肋处——男生太少。所以我们班的男生都有幸被叫起来轮流唱了。打头的是刘新锐，他酝酿了一下就直接唱了，利落大方，唱得其实也非常不错。再然后就是开始时支支吾吾不太好意思的"吴老师"和他同桌，最后他们还是合力为我们展示了独特的低沉嗓音。剩下的男同学们在女生的"讨伐"下坚持地跳过了这一部分，不过到了合唱练习后期的时候，他们也完全丢掉了这时候的羞涩，完全放开了，也在最后为我们的声音中加入了异彩纷呈的一笔。

那是一个在形体室度过的一整个中午。经过了民主的投票选择后，大家还是决定在排练任务紧急的情况下，拿出中午的时间排队形。方案一方案二，不断地讨论，一二三四排的渐进效果，哪部分由哪些人唱，为了大家热身的开嗓，几次队形的调整，加入了宁佳的钢琴、佳蒨和特美的舞蹈、林岚和陈诗怡的领唱、灏敏的指挥、肚脐仔的独唱部分等。终于，我们的表演已经初具雏形。在充斥着嬉笑的排练中，大家也更加认真了，对于集体的共识像是更深了，尽管还需要改进，但已经让我们看到了在不久后的舞台上我们想要的模样。那时，每个我们的眼中都闪烁着光芒。

每周的艺术课、自习课的整堂练习，陶老师偶尔贡献出来的语文课的排演，每晚自习前的琐碎时光，新加入的英文部分，因为要求分出的高低声部。十七班就在每日听到的"Never,Never"中保持着自己的完美，不断地磨合、修改，让我们的表演一步步向着心中的那个舞台靠近。快了、快了，我们心中期待着也不断提醒着自己。

周三中午，我们第一次站上了排练时苦苦心系着的、现在终于见到的台阶，而这也是我们最后一次登台前的站位踩点。英语课，莹莹在我们顽皮而又一致的心不在焉和控制不住的激动中败下阵来，一边嫌弃着我们没出息又一边热心地提醒我们该怎样。换衣服、化妆，穿着西装被女生集体请出去的男生显得绅士十足，而换上香槟色长裙的女生也让人忍不住地赞叹美丽。快要登台的激动和紧张，对自己妆容在意的小心翼翼的心理，互相帮忙时十七班一家人式的温暖，那个时候各种心情都涌上我们心头。女生们在家长和自己动手后都化上了妆，不少人踩上了通知后事先准备好的高跟鞋，一身长裙显得精致温雅，平日里普通的我们此刻都变成了笑容灿烂的公主。

换上了挑选的西装，笔直的站立，向来的沉默少言，特别的认真劲，也让男生们似是有了几分"小大人"的感觉。我们要向舞台迈进了。

来了。候场时对部分事项匆忙的叮嘱，大家上台前对自己造型的最后一场检查，互相的提醒、加油，在这个冬日里，女生们早已忘却了单薄裙子的寒冷，同男生一样，全身都被激动的心情点燃着。上场了。尽管多次练习让我们对《在人间》这首歌有些麻木，可是这次不一样，我们每个人在追求着稳定发挥往上的表演。投入、忘我，几分钟很快就过去了，一曲《在人间》连着我们长长的排练时光落毕，不管结果是如何，最后是圆满的。

在那方舞台上，也在每个人心中的那方舞台上，我们用最美的打扮，献上了自己最尽力的表演，是为了台下的观众，也是为了十七班这个家，更是为了那个曾经单纯的、现在或许迷茫着的自己。或许我们会忘记太多，包括这段记忆。但或许在多年后的某天，自己不经意间再听到这首歌的旋律时，也可能会想起那个现在青春无畏的自己。那个内心一直保留着的声音，在述说着走过的坎坷，也在劝慰着自己的改变，在鼓励着自己前进，更在对着自己发问。"会有孤立墙出不去，一生与冷漠做邻居"；"当某天那些梦啊，亏欠在人海里，别难过让它去，这首歌就当是赠礼"；"在人间有谁活着，不像是一场竞技，我不哭我已经没有资格能放弃"；"悲壮时光已夺走你什么""你到底为了什么而不屈""谁能证明你在人间来过"。

余音，余留于心。意想不到的事发生了，《在人间》的再一次演唱来得那么快，就在第二天的语文课上。陶老师邀我们再唱一遍，我以为大家第一反应是不要，毕竟已经唱了太多遍，但是那个声音却是喊出的"好"。我忽然才明白或许那种"又爱又恨"的感觉莫过于此吧。大家明显放松了很多，唱的时候嘴角都是忍不住地上扬，而唱完后的掌声也是发自内心的，献给了每一个人。明明已经结束了，可是一切却依旧美好如昨。

"谁能证明你在人间来过"，这似乎是一个很难回答的问题。即使是为人类做出巨大贡献的伟人都有可能在历史的长河中被遗忘，更何况是太多看上去如朱自清《匆匆》中"在人间白白走一遭"的我们。我想，只有你自己能证明你在人间来过，不管是遗忘的明晰的，我们所经历的一切都不可磨灭，这便是痕迹。至于死后有多少人记得我们，或许已经不重要了，心里每一刻的感受在现在都那么清楚，这些便足够了。

而此刻，我只觉得十七班，有你们，真好。

也许争不过天与地

也许低下头会哭泣

也许艳阳雪要飞进心里

会有孤立墙出不去

一生与冷漠做邻居

悲壮时光已夺走你什么

在人间有谁活着

不像是一场竞技

我不哭我已经没有尊严能放弃

当某天那些梦啊

亏欠在人海里

别难过让它去

这首歌就当是赠礼

挂在脸孔上是面具

青春痘

廖　峥

　　家明是在初三的时候开始起青春痘。

　　她总是在学习的时候忍不住将罪恶的手伸向脸上各个凹凸不平的地方。经过初三一年的"养成"，这种恶习仿佛成了一种瘾。家明清楚地明白，她只是很讨厌脸上有摸起来"突然不一样"的地方，即使明知这对皮肤而言没有任何好处，她还是一次一次又一次以暴力手段处理这些青春痘。

　　处理青春痘时最糟的是一次又一次的将结痂的地方撕开，这样它会很难好，在脸上很明显，而且好了之后会留下摸不出来但看得出来的痕迹。

　　家明曾在教学楼的一个厕所隔间的门后看到一段话，在那之后青春痘陷入了周期循环之中。那是一句提醒，提醒女生们小心一个人，小心那个人的性骚扰行为。家明开始坐卧不安。她也许并不是害怕自己会遭遇这些。她只是陷入了一条迷宫之中。迷宫的出口有两个，路是笔直的。她站在路口一遍一遍预演，迟迟不敢走上路去。

　　有多少人看过这个？有些老师也知道吗？之前看的人有行动么？这件事现在有没有解决？后来有

没有人再次受害？这个受害者还好么？她受到的侵害严重么？这个人现在还在学校么？有的同学也上了那个厕所，她有什么反应么？这件事，那个人需要承担一定的后果么？我需要用什么方式做出行动呢？可是这个后果必定会不公平地影响他的家庭啊，他的孩子和妻子……选择沉默，是可以的么？

家明因各种原因率先排除了的选项，在后面不停地演算之后又再次出现并成了唯一的选择。家明因不知名的原因不屈服，如西西弗斯一般一遍一遍推演，迟迟不踏上选择的道路。就这样，她第一次感受到了"沉默"。她面对别人时会忍不住自问，她也知道这件事么？她也一样沉默的了吗？如果她和我心照不宣，这栋建筑里的每一个去过那间厕所的女性都心照不宣，从没有人说出口……她有时也会对那名受害者产生怨怼的情绪，她发泄了情绪对自己的心交了满意的答卷，却使得别人陷入奇怪的怪圈。于是家明的青春痘问题变得严重了。她开始感受到了每个人的距离。她开始发现自己的面具，并且知道其他人也是如此的。家明的推演没有带来任何结果，只留下无穷无尽的惶恐。越陷越深，反而失去了更理性的判断。在奇怪的自我质问和自我觉得要开始妥协时，她放弃了思考，陷入忙碌的生活中去。她只希望，一年最好只记起这件事两次，并且最好不要跟随她走完一生。

但是面具却跟随着她，像她的青春痘一样。面具于她而言，不是虚假或伪装的状态。她真实享受着戴着面具与朋友嬉戏打闹的快乐。可因某种原因，她的内心不能满足。她的心想疯狂地尖叫着袒露自己的伤疤，或是卑微跪求有人对它露出怜悯的一瞥，那名叫"快乐"的面具却包裹着她。她说不出这是好事还是坏事。随着青春痘日益严重，她的心也变得敏感。

她读木心的《云雀叫了一整天》，感动地在屋子里来回走动，心里涌动着词句。她感觉他的诗好像一颗捧在她面前的心，无声要求着她去摸一摸，一颗渴望着一个像粥一样温柔的人的心。

她读《皮囊》时，一直以为文章段落分割曲线表现是一个人的下半张侧脸，正深吸了一口气要诉说些什么。但她拿去问同学时，同学却说："不知道，就是书上的东西啊。"她的心便陷入苦涩。

深夜她躺在床上无声哽咽流泪，顾影自怜。

她深深憎恨着自己为什么不能和父母相处得如同自己爱他们那样的好。

在她作为巡查员宿舍巡夜时，看到了一个认识的女孩躲出宿舍听着电话哭泣。家明的内心产生了一种难以言喻的情感。她感觉当她们接触彼此那短短的一分钟，是她与别的人唯一一次揭开了面具的交谈。她很想去安慰她，但却没有这么做。第二天，女孩遇见她时还会露出为难的神情。几天后，两人恢复了走廊相遇时相视一笑的状态。

在读完一篇有关于船/自由和爱的故事之后，她发誓，如果触摸过这样一颗自由而疯狂的心之后，她不做出任何改变，她不如立刻选择结束一切。

她写下："我曾触摸过你的心。你留下前进的方向，尸骸与爱。我攀爬你，倒在道路上。"

她想写下一个悬疑游戏的剧本。悬疑没想好，结局是解谜人坐在游乐园的旋转南瓜车上，屏幕上是华灯初上，渐渐一点一点模糊，对话框里放着解谜人在体会真相时的自白。

青春痘最终在家明的脸上留下了无法痊愈的印记。所有的不知名的原因也逐渐有了答案。一切都源于她那不满足的心与一切"不一样的东西"的矛盾。在青春痘的见证下，她像西西弗斯一样每日执着于发现矛盾，苦恼矛盾，却很少能解决矛盾。她每天都在改变，每天都在思考，却说不上这是好是坏，只是像处理青春痘那样，成了一种周期性的恶性循环。

长出痘痘，不爽，忍不住处理，结痂，不爽，处理，结痂……一直到忙了忘了或克制住了，最后才慢慢好起来，然后又犯。

在妈妈的坚持不懈的药膏治疗和"东风一次一次吹小楼"之后，家明脸上的青春痘好了许多。可她也隐约的明白，于她而言，青春痘也许永远也不会消除。

真相，永不缺席

李安琪

四月二日下午四点，深圳知否读剧社的老师们来到我们学校为高一年级的同学们表演读剧《十二公民》。这原是部改编于美国电影《十二怒汉》的悬疑推理片，我前两年看的时候只是记住了大概剧情，并没有完全理解故事背后的深刻寓意；如今通过身临其境般的情景再现，倒是感受颇深。

暑期一所政法大学内，未通过英美法课程期末考试的学生迎来补考。他们组成了模拟西方法庭，分别担任法官、律师、检察官等角色，审理的正是一起社会上饱受争议的"二十岁富二代弑父"案。十二位学生家长组成了陪审团。这些人来自社会不同阶层，有医生、房地产商、保安、教授、保险推销员等。他们在听取学生法庭审理后，将对本案做出最终"判决"。这十二名陪审员互不相识，但按照规则，他们必须达成一致，才能结束审判。

这部影片的精巧之处就在于，大多数人第一眼看到的所有证词及材料，似乎都指明富二代是杀手；但随着情节的深入发展，故事的真相一层层抽丝剥茧，结果竟证明了所有的证据都有问题，富二代其实是无辜的。影片的立意十分深远，围绕当今社会较为敏感的话题，例如"富二代的为人""仇富心理""地域歧视"等，展开了许多发人深省的讨论。

但其中给我的感触最深的，还是关于"真相"的讨论。人们在当下的网络大数据、信息化时代，第一手接触到的究竟是不是真正的"真相"？这一点在现在看来，似乎不那么经得起推敲了。眼见，难道一定为实吗？大多数人所认同所坚持的，就一定是正确的吗？网络到底是在帮人们还原真相，还是被操纵在少数别有用心的人手中只为扭曲真相？

记得曾有一段时间，有一则新闻引爆网络舆论：一位男子驾驶电动车撞上一辆小轿车，小轿车里只有一对年轻的母女。男子下车后径直走向轿车门前，拉开车门后的第一反应竟不是关心车内母女二人，而是愤怒地指着开车的那位女子破口大骂。这段视频被放在网上后舆论几乎是一边倒，全在指责那名男子冷血无情。

可过了几天，调查事故的交警公布了一辆路过车辆的行车记录仪所拍摄到的画面后，骂声全又倒向了那位年轻的母亲。视频清晰地记录到：女子所驾驶的小驾车在不宽的路面上频繁地左右变道，再仔细一看，似乎是刻意为了阻碍轿车后那名电动车男子超越她；在屡次阻挡后，轿车一个急刹，男子避让不及才一头撞了上去。这就是当下流行的"路怒症"一族——女子因不爽先前男子的超车行为，置自己和他人的安全于不顾，公然在路面上以如此危险的手段实施"打击报复"。

此事也足以反映出，人们对于真相的钻研程度，是有多么片面，令人心寒的了。在事实的最终调查结果出来以前，仅凭借一个片面的"证据"就将所谓的"犯罪嫌疑人"骂得体无完肤。那么对于这样的"证据"以及由它推导而来的结论，又谈何"真相"呢？

就像某本书里的一句名言："真相或许会迟到，但永远不会缺席。"

　　希望每一个"真相"都来得有理有据，令人信服，伸张正义！

我的英雄

于无声处听惊雷

彭睿佳

　　盘踞于东南一隅，四十年前，终得觅出路。几十载内，那贫瘠的泥地上，多少高楼大厦拔地而起，鳞次栉比；交错的阡陌间，多少柏油大道纵横八方，四通八达；时代的机遇下，多少新型科技横空出世，应运而生……深圳，由边陲落后的小渔村腾飞而成繁荣大城，并非历史的偶然，而是时代的必然。深圳，是改革开放的窗口，其在短短十几载内所取得的傲人成就，举世瞩目，恰如一声惊雷，为当时亟待发展的中国报了早春。

　　久负盛名的深圳，并非空有霓虹迷彩、钢筋水泥，而是一个拥有庞大人口的家庭，一个有温度的，由一个个热望堆砌而成的城市。正如董卿所说，"城市是人类最伟大的发明，它容纳着一切生活的轨迹。"人与城市之间相互包容、相互给予，在城市的边界被拓宽的同时，也留下了无数人在城市生长逐梦的故事，我也是如此。尽管来到深圳仅仅五年，但这座辉煌发达的城市以其博大的胸怀与承载也给予了我太多感动。

　　记忆已然有些褪色，但五年前初次踏上深圳土地的场景却依旧明晰。那晚与额边渗出的细汗、大包小包的行李一同出高铁站的，是对这个新兴繁荣城市的无限遐想。暖黄的路灯，树上流动的彩灯与川流不息的一张张陌生的面孔交融成一幅震撼人心的图画，深深地烙在我心间。在这座陌生的城市，最初我除了感叹其繁荣，更多的是怅然若失，总觉得这是一座忙碌而又冷漠的城，人人为谋生而奔波，何来温情可言？

后来，我在深圳定居了。岁月如穿堂风，吹走了往昔，却也缓缓揭开了这座城的面纱。高楼林立、车水马龙之下，我却在生活中不经意的角落，一点一点触到了这座年轻城市的温度。

与深圳的交往，始于风景，痴于人文。如若用一个颜色来形容深圳的风景的话，那非蓝色不可。坐落于海岸边，即使是白天奔走忙碌的人们，或许也有机会可以吹得到带些咸味的海风的。先前生活在内地，海的模样只在电视中得以窥见一些；然而在深圳却丝毫不是一件难事。和煦的一天和家人们一起去往大梅沙，任凭双腿在软软的沙子里向下陷；海风在耳畔吟歌，携杂着海鸟飞鱼的味道；近处的海浪涨了又退，细沙被凉爽的海水卷去又顺着海浪铺回岸边的金黄；远处是一望无垠的碧蓝，海与天俨然一色……这是海的碧蓝，是深圳的颜色。

再者，深圳的天空除阴雨天外，基本日日蔚蓝，万里无云。在世界各地人民都在为空气污染而担忧时，生活在深圳的我却鲜少因空气质量不佳而烦恼。放学回家时，我总会从纵横的枝丫间望向蔚蓝的天。庄子望天，说"其视下也，亦若是则已矣"，我的感受则与其不谋而合。深邃的蓝色，如大海般宽容，如宇宙般辽阔，这正是深圳的颜色，是深圳如海一般包罗万象的博大胸怀以及如慈母般的爱与呵护。

除自然风景之外，图书馆在深圳更是随处可见，或许这正是一个文化城市的外在体现吧。小到家门口的移动书吧，大到距家甚远的深圳书城，我大多都曾光临过。最常去的是要坐地铁才能到达的一个中型书城，既可去左边的购物区购书，也可到右侧的阅览室借书阅读，或是在阅览室中自习。每逢周末，我总爱去阅览室之中一个安静的角落阅读。我喜欢阅览室内指尖摩挲书页的沙沙声，喜欢人人埋下头品味好书的氛围，喜欢这一份隔绝喧嚣的宁静。在这声色犬马的年代，喧嚣似乎本就是常态，寻得一方宁静又谈何容易呢？正因此，我对这一机会格外珍惜。除了阅读之外，有时我也会环顾四周，一张张沉静的面颊便映入眼帘。也许，这座城市让我感到温暖的原因之一，便是无论时代节奏多么的快，总会有人慢下来，花一天在图书馆细细地品味一本好书。深圳虽以速度闻名，但仍然拥有浓厚的文化底蕴。我想，这与一个城市的文化建设水平是密不可分的，这也正是一个城市内核是否充实的外在表现。

由此，深圳人自然也成为深圳一道靓丽的风景线。"来了就是深圳人"这一句标语不仅仅是一个口号，而是每一个来到深圳的人的切实体会。深圳，这样一个包罗万象的城市，碰撞着许多文化，同时也交融着来自各地的不同的思想。无论是不是深圳本地人，人人在深圳都有同样的机会，仅仅取决于是否有长远之见、拼搏之胆。在深圳，拥有实力才是在竞争中取胜的关键。除此之外，受外来文化的影响，"平等"一词在深圳可谓体现得淋漓尽致，这也正是深圳包容性强的另一大特点。

除此之外，同全国各地人民一样，深圳人民同样热心热情。最具代表性的，我认为便是深圳的义工。红色的马甲随处可见，或在地铁站，或在广场之中，默默无闻方便为这个城市无私地奉献出一份微小却又不可或缺的力量。这些明艳的红，无形中将热情的气氛渲染开来，温暖了这一偌大的城市，如片羽般落入人们心头。

深圳的人文魅力为这座城市平添了许多温暖，而深圳的温度又在哪里呢？

在钢筋水泥浇筑的高楼大厦间，与陌生人的一个微笑、一声问候之中；在清晨太阳还在地平线时，敬业负责的清扫街道的环卫工人额上的汗水里；在深夜万籁俱寂之时，坚守岗位只为维护人民安全的警卫布满血丝的双眼之中；在初春的木棉花里，盛夏的海浪声中，在每一个勤勤恳恳拼搏、用心起舞的日子里……在每一个人平凡却又不凡的梦想与拼搏之中，深圳的温度不再是虚无缥缈，而是一点一点具体可触了。

而当今，不少人曾抱怨城市不过是钢筋水泥充斥之地，灰色森林隔断了自己与梦想的距离。殊不知，每一个人其实都总能在这个偌大的城市里找到属于自己心灵的归宿，或许是在黄昏日落的街道口，或许是在呼啸而过的地铁旁……深圳于我而言并非一个地名，而是一个承载梦想的摇篮。在这里，在开放包容的大环境下，脚踏实地、以身践行，我一点一点地攀登着自己理想的高山；无数个如我一般的人汇聚在一起，便成了如今欣欣向荣、向下扎根、向上开花的深圳。

深圳的辉煌是无数个小我幸福的汇集，而我们无数个个体也总会化为滴水汇入时代海流，为社会出力、做社会的掌舵人。特区成立40周年之际，特以此致敬深圳——一座年轻却抓住机遇的城市，一座蛰伏多年终得机遇的城市，一座开放包容有温度的城市；更是为每一个深圳人——于无声处厚积薄发的人，奏一曲荡气回肠的赞歌。如深圳腾飞，一座城市终会迎来属于自己的春天，每一个人亦如此。个人的痛苦与快乐，必须融合在一座城市、一个时代的痛苦与快乐里。人人以身践行，默默为这座城市奉献，做到心事浩茫连广宇，自可于无声处听惊雷。

漫长的告别

刘　佳

"好，不忙着写作业就陪妹妹多玩一会儿吧，下周这个时候我们就回去了。"

又要面临一次离别，而生活里我最惧怕的就是离别，永远是短暂相聚，而后则是漫长的分离，很小的时候每次和外公外婆道别，我总会紧紧地抱住他们，哭得稀里哗啦，外婆也哭个不停，外公就说快上车吧，车要走了，妈妈就狠下心把我抱上车。

后来年纪大一点也不再泪流满面了，只是坐在大巴车上不停地向他们挥手，希望他们快点回去，从县城到火车站二个小时的车程，我一路都乖乖地闭着眼假装睡觉，然后无数次悄悄地把眼角的泪水拭干。

那时候妈妈总会说我长大了，比小时候坚强多了。

所有的坚强都是柔软生的茧。没有人愿意告别，从来都是心里万般不舍，嘴上却无奈地说着再见，在列车开走的那一刻，所有的不舍和不情愿，最终都变成一串串泪珠落下。

而我在离别的时候从未坚强过，现在经历十几次告别，也渐渐明白这是人生必有的功课，离别重逢的经历有眼泪和微笑的哲理，但是在这个流行离开的世界，我依旧不擅长告别。

就像是前几天外公轻轻地说了一句下周这个时候我们就回家去了，虽然我表面波澜不惊，实际心里翻江倒海，我该说些什么呢？

"不要着急走，在这边多住一个月吧，我会想你们的，每周都给你们打电话，在路上注意安全，回去要吃好点，把身体养好……"可我中间什么也没说。

整晚上都沉默，这该死的沉默！

以前是外公外婆目送我们远去，现在是我们目送他们老去，目光所至都是远方，一边拥抱光明，一边却走向黑暗。

他们曾经在离别时给予我的安慰，如今我却难以拿出丝毫。

几天之后我会像往常一样回家，只不过外公外婆不会像往常那样站在门口迎接我，所有都会恢复到那之前一样，只有妈妈在家等我，可我更想那个为期不长的晚上，在晚餐的灯光下，同样的人坐在同样的位子上，讲着同样的话题。

如果把我们相聚的所有时光汇聚一起，

总有几分钟，其中的每一秒我都愿意拿一年去换取；总有几段场景，其中的每一幅画面我都愿意拿全部去铭记；总有一段话，其中的每个字眼，我都愿意拿所有的夜晚去温习。

我只想和他们永远在一起。

所有的离别似乎都是蓄谋已久的，在2月就知道3月份外公外婆就要回去了。

我认为很难做到像电视剧那样手挽手说出所有的牵挂。

大多数的离开只是简简单单挥挥手，或者是一个简短的电话，简短到都不知所措地挂完电话后，悲伤才开始慢慢往上涌，但是不管我为自己做了多少心理疏导，我终究还是接受不了离别，虽然无法接受，我总觉得还是要好好道别。

那也许是一系列漫长的动作，这些动作可能是微不足道的：为他们把水果切成块儿，给他们买一个好看的发夹，把他们的照片洗出来装进相册里，常带着他们送的手链儿。

外公外婆对我的漫长的道别是把切好的水果保留一多半给我，偷偷地往我的枕头下面塞零花钱，把我所有的脏鞋都刷得干干净净，让我往他们手机里面多存一些我们的照片。我们都是不擅长告别的人，但这样也许我就不会那么内疚，至少通过这些连接，他们也会知道我很爱他们。

我听说如果想念一个人，微风就会轻轻掠过她身边带去思念，那么麻烦风了，请捎上我的思念，替我拥抱周五早上踏上回家之路的外公外婆。

如果你问我的思念有多重，像一座秋山的落叶。

写给韦素清

叶 薇

　　说实在，我对于"妈妈"的了解，远比对"韦小姐"的了解要更多些。

　　但我想尝试这样写，将这篇文章作为韦小姐的生日礼物，而非仅仅只是以"妈妈"身份收到的生日礼物。

　　韦小姐在我眼里是半个年轻人。她的思想是跟得上时代的，同时也有大多年轻人没有的本领：做菜又好又快。当然，作为半个年轻人，不乏菜炒煳了的时候，或许是"瓶颈期"，在越炒越糊的道路上越走越远，突然哪一次之后，做这道菜的水平就有了质的飞跃，而且几乎没有波动。关键还快。这是我所佩服的，也经常是我被相对比较动作慢的依据。而且无法反驳。

　　为什么韦小姐想要一篇文章作为生日礼物呢？

　　我猜，十有八九是受到了——隔壁班马小姐如何优雅并感人、抒情而又富有内涵地描述她妈妈开车送她回家（还是去学校？忘了）的优美文笔的启发。因此也想得到如此有高度的评价等。

　　但恐怕韦小姐要大失所望了。一来，我的文笔不及马小姐；二来，韦小姐还没有拿到驾照，我也无法编造出韦小姐开车送我回家的情节感动感动她了。

这样看来，韦小姐的生日愿望或许要添个"这一年要拿到驾照"了。其实韦小姐在考驾照这方面并不差。我觉得在这上面就能很充分地体现她的"半个年轻人"气质了。

韦小姐考科目二，考了四次还是五次，很抱歉记不太清，我们假设她很优秀，就按四次算吧。科目二是考驾照路上的槛之一。韦小姐前面都是满分，也就是说，几乎每次前脚已经迈过了，后脚都要跨过去了，硬生生被倒车入库绊了个结实。

我还记得那些日子，韦小姐如何抱着我"痛哭流涕"的，其实也还好，就像学生考试考差了一样的。科目二只能考五次，韦小姐一看，那不行啊，再不振作就要重来了。于是她就调整了心态，刚好考试那天天气比之前要好很多，韦小姐出门的时候兴致是高昂的。

回来的时候，她高高兴兴地拿出成绩单，而且是满分。就像个极其渴望被夸奖的小孩，她还得意地炫耀同一车去的同学就她过了。

韦小姐确实很棒。

和韦小姐"同居"有十多年了，我很惭愧至今我还没有找到她最大的爱好，而韦小姐早就把我的底摸得一清二楚了。

据我观察到的，韦小姐很喜欢家里有"家"的感觉，还有，喜欢网购和试衣服。

就算家具还是那些家具，韦小姐也能弄出花样来，时不时给客厅换个格局，给饭桌铺个桌布，在上面放个用橙色彩纸包装好的花瓶，里面插几束玫瑰。很有情调。

再说网购。其实韦小姐给自己买的东西一点都不多。除非双十一这种，买了一大堆。

当然也退了一大堆。剩下来的都是物美价廉的精品。搭出衣服来也很有女人味。这是爸爸说的，不是我说的。

我才不会这么肉麻。

买到喜欢的衣服的韦小姐是开心的。

我很喜欢韦小姐的一点，在于她与时俱进又能分辨是非。

我不喜欢"抖音"。韦小姐却看"抖音"。当她做了一个新式的好吃的菜，或者新衣服的腰带格外好看，却发现是自己绑的时，我问她怎么学会的，她说看抖音上有。

而且她能接受一些我这一辈的观点。还可以被我说服，听得进去，我觉得挺难得的。尽管我能力有限，总是说服不了她。

当我敲完上面的"。"时，我给韦小姐看了这篇文章，她一面是高兴，而且说我的文风很不一样，一面则有些不满，认为我说来说去还是在说一位母亲，一位妻子。还缺了什么呢？我急忙拿出《现代汉语词典》，翻到"韦"字，上面只工工整整地摆着"韦编三绝"，难道是读书吗？韦小姐平时也看些书，我沉吟道。

我被韦小姐瞪了一眼。

我只好冥思苦想，正当我要翻箱倒柜找出个究竟时，我看到韦小姐坐在家里的办公桌前用电脑。她在工作。我以为韦小姐做这份工作只是为了赚钱，我自己对会计这份行业不是很感兴趣，于是也想当然地觉得妈妈不喜欢。可韦小姐是喜欢的，她工作的时候很认真，办事风风火火。她也会遇到难解决的客户，但问题最后都一一摆平了。

总的来说，韦小姐是优秀的韦小姐。

在这里，祝她生日快乐。

致父亲的一封信

潘思睿

亲爱的爸爸：

你好。

看到这些文字时，不知你是否会感到意外。或是因为窗外的夜雨增添了一分忧愁，本不爱抒情的我写下了十七年来第一封给你的信。随手翻看日历，竟发现上次与你一同吃饭，已是二十多天前的除夕夜了。

2003 年，你守护着刚刚出生的我，挺过了"非典"。如今，你坚守在医院，守护着感染了新冠肺炎病毒的患者，在这没有硝烟的战场上，贡献着自己的一分力量。

记得期末考试后，我们一同规划着寒假的活动：一家人一起去看场电影、吃几顿大餐、去一个不太远的地方旅游……可突如其来的疫情，让它们成了未完成的计划。自疫情加重以后，每天不到七点，你便已收拾完毕，准备赶往医院，我常常在半梦半醒中，听见你开门离家的声音；等你下班回家，已经快要到洗漱睡觉的时间，就算偶尔能在傍晚回家，也通常会因为一通电话而返回医院。记得一天下午你好不容易有了休息时间，与我一起看电视，可不到十分钟，你便睡着在了沙发上，我们为数不多的能相处的机会，就这样错过了。我仍记得，那天你醒来时向我匆忙道歉："真的不好意思，下次爸爸陪你看电视绝对不会睡着了，最近实在是事情太多……"我半开玩笑地回答你："谁知道你下次什么时候有时间呢？"

是啊，"下次"总是让人充满了期待，我明知你难以挤出时间，却仍期待着你能多在家里待一会儿，哪怕只是和我们一同吃顿晚饭也好。可我也知道，你是医生，是这"战疫场"上最重要的一群人物，于是我只能将这期待藏在心里，在背后支持着你。

你曾问过我："现在疫情越来越严重，你怕吗？"当时我肯定地回答："不怕，为什么要怕？"可当我看到"吹哨人"李文亮医生离世的新闻，听到越来越多医护人员被感染的消息，听到你跟我说"医院现在高价买口罩都还是不够"时，我竟是那样害怕。我不怕疫情的出现，因为我相信科学的力量与众人的努力终将把它打败；可我害怕，我害怕"战疫"胜利的号角还未吹响，你便已累倒在战场。人们赞美你们是"天使""英雄"；赞美你们舍己为人、无私付出。可这世界上又怎么会真有刀枪不入的英雄？你也只是一个愿意在危难时刻挺身而出的普通人啊！每当看到感染人数急速上升的消息，你都会陷入沉默。我知道，你感到无奈，无奈于人们对疫情的不重视，无奈于疑似病患的不配合；你亦会感到害怕，害怕医院的物资不足，害怕签下"抗疫战书"的同事不能平安归来；你也会疲惫，疲惫于接二连三的工作安排，疲惫于大大小小的临时会议……可你仍在坚持，将自己的精力，化作这疫情笼罩下黑暗中不灭的烛光。

"爸，你为啥要当医生啊？"这似乎是我最近最常跟你说的话，而你总是一笑带过："我那个年代，医生就是很不错的职业了，没多想就学了医。"而我最终忍不住反驳一句："你又不是因为很大的热爱才学医，现在干吗要那么努力？"你回答我说："没什么热不热爱的，既然已经到了这个岗位，就算是不喜欢，也应该尽全自己的一份责任与力量。在医院里处理好事务、安排好病人，就是我现在能尽的最大的一份力。"

几天前你给我发了个视频，下面附上了一段文字："女儿你快看看，这是区里来我们医院拍的视频，能认出来哪个是你爸爸我吗？"后面附上了一个大笑的表情。不知为何，看到你这段话，我也情不自禁地笑了起来。视频里的你穿着防护服戴着口罩，明明大家都穿着同样的衣服，我却第一眼就能认出你。看到评论中网友对你们的称赞，看见你汗水沾湿了头发却仍在工作的身影，我的鼻子一酸，连忙抬起头，眼泪却还是流了下来。我回复你说："怎么会认不出来，你可是我爸爸。好好工作，早点回来。"这两条消息，便成了手机中我们唯一一次的对话。说起来，这也是我第一次看到你的工作状态。它比我想象的要紧张，却也让我放下了担忧与不解。我明白了你为什么要起早贪黑地工作，明白了你所有的付出……

你是医生，妈妈是民警。每当我告诉别人你们的职业，总会收到一句"那你爸妈好厉害啊。"而我如今想要把这句话说给你们："在我心里，你们就是最厉害的父母。"妈妈在社区登门上访，保护着她管理的居民；你在医院奔波操劳，保护着你的病人。或是因为没有时间，或是因为不知如何开口，煽情的话我只讲给妈妈，从不曾向你表达太多感情，纠结再三，如今也只能通过文字向你表情达意，可我知道，我们的心永远连在一起，我们之间相互的爱，让我们永不分离。

爸，人们常赞美医生是"舍小家为大家"，可如果有一天你累了，不能再继续"为大家"了，可以回头看看身后的小家。我会在家里，永远地等待着你。

爸，等疫情结束了，我们一起把原本的计划完成吧：一家人去看场电影、吃几顿大餐、进行一场不远的旅游……

　　爸，我们一起看的节目更新了，你什么时候和我一起看呢？这次你可不能再睡着啦。

　　爸，好好工作，一定要平安回家。

你的女儿

二〇二〇年二月十五日深夜

快把我哥带走

林　岚

　　来到红岭，发现身边的朋友几乎都是独生子女，当他们发现我有个哥哥的时候，都投以羡慕的目光。

　　"真好啊，我也想要有个哥哥！"

　　每次听到这句话，我都怀疑这些同学是不是傻了。

　　别！等你真有了哥哥，你就会后悔的！

　　没有哥哥的小姑娘估计是少女漫画看多了，以为全天下的哥哥都是长得又高又帅，对妹妹超级温柔，做什么都护着妹妹的。

　　醒醒吧！那种哥哥就算存在，当你的哥哥的概率也如天上掉个宝玉哥哥。

　　我就经常想把我哥哥打一顿，然后把他从我家楼上扔了下去。

　　"林岚，你别动！"

　　我哥突然叫住我，深情凝视我的脸。

　　"干吗？"

　　我知道他肯定说不出好话，所以语气中带着杀气，劝他好好说话。

"你长胡子啦，你一个女的怎么长胡子了呢？"他指着我嘴上的汗毛笑着说。

我给他一个大白眼后再也不理他了。本来我就想打"扁"他，要不是打不过他，白眼这种级别他还没有资格。

吃饭的时候，我哥也不忘真人演示什么叫哪壶不开提哪壶。

我很容易上火，但又超级爱吃辣的，所以容易长痘，而且我的肤色暗中带褐色，可是他的皮肤却很白！

"林岚你怎么又长痘了，不要吃辣椒炒肉了，你看你那痘痘，啧啧，你再吃辣的，就满脸是痘痘了。"

"林岚你好像又变黑了！"

我除了白眼没有什么可用以致谢他的谚语小课堂了。

我常想，要是我打得过他该多好啊，要是打得过他，我一定不留余力。

他的审美让我无话可说，有一天拿了一张一看就是整容加P图过度的一个姐姐的照片过来问我，你看，这个姐姐多好看，要是她是你嫂子就好了，你看这小蛮腰大长腿。

"您老瞎吗？这一看就是P图P成怪物了，地基都歪了！"

"什么P图？我就喜欢这一款的！"

我放弃与他的辩论，玩自己的去了，毕竟，我不是眼科医生。

我哥还很油腻，自从最近交了女朋友之后，就在各种"圈"，各种花式中年秀恩爱。

他还没有步入中年了，就成了油腻男人了，我称之为"未老先油"。

还记得我四岁的时候就问我哥，我什么时候才有嫂子，他一直说快了。

十三年了，我都习惯我哥单身这一事实了，周日返校前，我在刷朋友圈的时候，看到我哥的一个朋友圈："宝贝（他的女朋友）送的礼物堆满床。"第一张照片是她的床上放满了礼物，第二张是他和他女朋友的幸福的合照，而第三张是他俩的结婚证。

等等，我哥结婚了，我哥结婚了！

我第一反应是惊讶，第二反应是开心，接着有点儿想哭。

惊讶是他之前完全没提过这消息，太突然了；为他开心那是自然的，十三年了，他终于把心稳定了下来。而想哭也说不清为什么，可能是因为以后再也没有打扁他的理由了，毕竟他现在是另一个女人的丈夫了，不再只是属于我的哥哥了。

我想和你换眼睛

温昊汶

　　这周体检查视力，我发现自己的右眼视力很是糟糕。当时有一种莫名的恐惧从脚下蔓延了上来，我仿佛被别人当头一棒，一整天一蹶不振。同学的安慰，左耳进、右耳出，明白了一点，尽管现在依靠左眼还可以正常使用，但这样下去左眼也会有问题，这医院是非去不可了。

　　一回到家，给我爸说了这件事情，他什么都没说，然后玩了一会儿手机，放下手机对我说咱们周日上午去医院看看。"可是周日不是父亲节吗？"我说。"父亲节咋啦？就这天了！"他那不容反驳的语气，把我的话硬生生堵了回去，我只能回答了一句："好吧。"

　　周日上午，不等我闹钟响起，就被我爸叫醒了，出了房门，看见餐桌上已经摆好热腾腾的早餐，快吃吧，吃完我们去医院。

　　由于预约的时段较晚，我们坐在那里等了好久，当我发现快轮到我的时候，爸爸已经睡着了，看着他睡着的安详的脸和被岁月浸染的花白头发，真不忍心叫醒他。验光的时候，那个机器对着我的左右眼分别照了一照，就听到医生惊讶地说你这左右眼差了300多度。

听到这话我的心里："咯噔"了一下，也就是说我的右眼至少近视300多度了，不一会儿结果出来了。我的右眼测出来近视为350度，左眼测出轻微散光。我正难受时，爸爸突然抓住我的肩膀说了一句"我真想把我的眼睛换给你，反正我也老了"。后一句他几乎是嘟囔出来的。

看着他说这句话时认真的表情，我赶紧把头别了过去，看着窗外，擦掉了夺眶而出的泪水，深深地呼吸了一下，我突然有了正视近视的勇气。我知道，就算我的眼睛什么都看不到，就算我一无所有，至少我还有他，一个愿意和我换眼睛，一个永远不辞劳累，毫无怨言的爱我的父亲，在我的心中，那一瞬已成永恒。

遇 见

邹依敏

　　睁开双眼，有一股充满凉意的微风轻轻地吻在我的脸颊，留下了一道专属秋天清晨的吻痕。我换上长袖，穿起长裤，披上一件薄薄的外套，九月，入秋了。

　　车窗外，是深圳与惠州的分界线，是一片片带着点晨露味道的农田。放眼望去，是整一大片绿色，是整一大片农民的汗水与付出。我会时不时看到几个戴着草帽的农民，挥动着手中的水管，只见清澈冰凉的水从他们的指尖洒出，一点一点地浸入一颗颗小苗头上，留下几滴晶莹剔透的小水珠。惠州的农场似乎还久久停留在夏季，空气中仍是夏日里丝丝缕缕的闷热。

　　我看见姑婆用木棍在挑着树上一个个绿中泛红的百香果。百香果的树藤一根一根蔓延上了铁架台，几片微碎的叶子垂在半空中，透过那几片碎叶我看到鸭群在池塘中漂浮着展开翅膀，扑出一阵又一阵浪花，波纹在塘中一圈一圈地泛开来。

　　"妈妈，百香果种在这里路人不会摘吗？"

　　"这就是给路人吃的啊。"

那个铁架台上爬满了绿中泛红的百香果枝蔓，我的心中像尝了一个百香果一样，酸中泛着丝丝甜味。

陈背山上叔公舅舅们清理着坟旁的杂草，就似在清理着一点点时光的磨痕，种下一段段新的时光记忆，我将熏香一根根插在坟前微微润湿的泥土里，许下一个又一个心愿。我的每一个心愿里都有着大家都要好好的万事顺意这样的愿望。我久久地凝视着外公的坟，几年前和外公生活的点点滴滴涌上我的大脑，眼前有点迷糊有点昏沉，原来是泪，是回忆。

守在大门口的两只黄狗，在爆竹声中躲在了栏杆后面，两只狗紧紧地畏缩在一起，烟雾碎屑到处飘散，爆竹声震得耳膜发疼。其中一只黄狗的爪子向外翻去，脸上布满了时光的碎痕，眼里全是憔悴与沧桑。它们也许见过我的外公，如果我外公还在的话，不知它们是否还会亲切地依偎在我外公的身旁。

我记得这两只狗我第一次见它们，是一年前我外公永远离开我的那天。

中考前，我梦见我的外公在门口给我送准考证，在给我加油，在门口等着我走出考场的那一刻。后来我发现一切都是假的，梦里的我蹲在地上，抱着自己的双腿，在校门口痛哭。

日后，我却再也没有梦见过外公。

生活还要继续，但我真的离不开你。

我想在日后遇见秋天、遇见农田、遇见勤劳、遇见沧桑、遇见你。

愿时光善待我的英雄

李安琪

　　记忆中，他总是一副正经的样子，不管是在家还是在外面，总是时刻提醒我要挺胸抬头，不要老是含胸驼背，吃饭的时候总是会告诫我，不要挑食偏食，纠正我一些不规范的用餐习惯。也许是因为从小就被灌输"严父慈母"概念的缘故，导致我从上小学开始就更怕他一些，每回学校开家长会都是他去的，所以各种好的坏的消息都是他带回来的，以至于每次，到点了，他出现在家门口时，我就要根据他的表情来判断我接下来会不会挨骂。

　　后来渐渐明白事理以后，也不像之前那么害怕他了，但是很在意他的感受，每次没考好的时候，第一反应不是难过，而是害怕他知道以后会很失望。

　　初三上学期期末开始，我有了一个奇怪的低迷期，逢大考必考砸，而且错的都是一些最基础的题目，那阵子最急的就是他了。一面怕我情绪不好，会影响生活和学习，有空就上网找些心灵鸡汤分享给我；一方面又不断地与我沟通交流，甚至几次，想去与我的班主任谈一谈，致力于找出影响我成绩的真正问题。看着他白天辛苦上班，晚上下班回来还要与我交流谈心，开导我，每一次，我都忍不住，鼻尖一酸，泪珠就这么淌下来，心里暗暗地骂自己不争气，还要让他这样子辛苦。好在后来在中考前，我找回了感觉，终于没有辜负他，而考上了理想的学校。

我还记得录取分数线公布的那一天，我前脚刚进门得到消息，他后脚就马上打电话过来祝贺我，听筒传来的声音告诉我，他比我要高兴得多，一个劲儿地念着"我的女儿真棒"，然后让我放下心思，好好玩儿去，后来他还请了一周假，陪我去梦寐已久的西安去游玩。

上了高中以后，他说你的学习功课我辅导不了你了，但其他任何事情我都会帮你去做，于是每周末回到家，他都会提前计划好，要带我去哪里散心，甚至于因为我一时突发奇想，也会毫不犹豫地开车带我去想去的地方。

以前，是我跟着他身后，牵着他的大手仰望他。

现在是我和他并排走，给他拎包，与他畅谈理想。

未来，或许是他跟在我的身后，我搀扶着他，陪他聊聊天，哄他开心。

今天是他的节日，祝他节日快乐！

每一天他都是我的英雄，希望时光可以善待他，也愿他被这个世界，温柔以待。

还好，我们都还活着

唐心儿

1

奶奶回老家了。

奶奶说："这次再不回去就怕以后没机会了。"

记不清是多久之前了，一天晚上奶奶跟我说她姐姐患上了胆囊癌，曾经医院里的同事杨爷爷脑出血，至今昏迷不省人事。

刚开始奶奶每天都和姨奶奶视频聊天，讲些小时候的故事，鼓励她抗癌，姨奶奶的状况在一点点好转。最近她的肿瘤却突然恶化，无法全部切除的肿瘤癌细胞在身体里逐渐扩散开来，奶奶知道后立马做出了回老家的决定。

噩耗总是来得惊人，她曾经的同事杨爷爷在第三晚就去世了。卸下了运转声嘈杂的呼吸机，负重已久的心脏再也不用跳动了。

"心儿怎么没来？"奶奶告诉我这是杨爷爷去世前问她的第一句话。

没来深圳的时候，爷爷奶奶在老家的医院里一个是院长一个是护士长，整个医院的各种大小疾病都由爷爷奶奶负责，他们时常忙得顾不过来照顾我。

我就被交给爷爷奶奶的朋友，也是他们的同事杨爷爷照看。记得他们家院子的铁栏上种满了栀子花，每天下午三点他都会带我去镇上买豆沙包……突然间，这个陪我做这些事的人就走了，而且永远都不会再回来。比起难过，我更多的是呆滞。

学业紧张，作业繁多，确实这些都是我回不去的理由。不过这和亲人的逝去相比显得像一个不戳自破的谎言一样苍白无力。

过去，亲人的逝去，在我眼里就像是在很遥远的未来才会发生的事情，可如今它就摆在我面前。奶奶告诉我时很平静，她说："是该轮到我们了。"这几年，爷爷奶奶的好多朋友都一个接着一个传来噩耗，亲人故交的接连逝去，难免让他们担心自己的生命何时走到尽头。

2

刚开学的时候我看完一本书，叫《当呼吸化为空气》。

作者保罗本是美国斯坦福大学神经外科教授，就在他即将结束住院医师培训之际，他被检查出罹患肺癌。三十多岁，一个大好的年纪，是全家人的希望，也是人生辉煌的开始，就这样被扣上了一个"癌症"的帽子。

这是一本有关死亡的书，书中有这么一句话：身患癌症对于我唯一的区别就是，以前我知道我总有一天会死去，不过现在我离我的死期更近而已。

3

我有个朋友特喜欢听英文歌，我也是。初中那会儿，她每周都会推荐几首好听的英文歌给我。这事我们坚持了一段时间，结果到高中开学之后就被已经被我们忘得差不多了，现在的频率几乎是一个月一次。上周她推荐给我一首"The fault of our stars"，是我们俩都喜欢的歌手唱的，听完一遍我就单曲循环了整整一周。

"你去看看它的同名小说和电影，保证你哭！"她推荐给我时候说了这么一句话。

这是一本英文小说，中文字面翻译过来叫作《星运里的错》，意译过来叫《生命中的美好缺憾》。

这是一个悲剧的故事：女主很小的时候就罹患癌症，呼吸困难，余生只能靠一根连接氧气瓶的塑料管辅助呼吸维持生命。在她十七岁那年遇到了同样罹患癌症的男主，他们互相鼓励扶持对方，在这过程中互生情愫，可不幸的是男主最终在自己十九岁生日来临之前提前离开了这个世界。

我问她，为什么书名要带 stars 呢？

她告诉我 starcrossed 来自星座占卜，意思是两个情侣的本命星位置交错，所以注定没有好结果。最早由莎士比亚在《罗密欧与朱丽叶》一书中提出，现在用于形容苦命的情人。

电影的最后一个场景是男主的葬礼，这对 starcrossed lover 最终还是被死神的镰刀分割在阴阳两岸，而他们都希望彼此能做对方葬礼上的那个念悼词的人。

"我爱她，我好爱她，我真的很幸运能爱上她。和她在一起根本就不用担心因为她太聪明而抢了你的风头，因为她本来就比你聪明……我爱她，我喜欢我的选择，希望她也能喜欢她的选择。——致我的挚爱：Hazel。"

"我虽然不是数学家，但我知道在 0 和 1 之间有无数个数存在。像 0.1、0.01、0.001……同样地，在 0 和 2 之间也有无数个数，但这肯定比 0 到 1 之间的要更多。所以我们知道有些无限大于另一些无限，谢谢你给予我们之间的那些小小的无限。——致我苦命的恋人：

Augustus。"

悲剧的基调给这个爱情故事蒙上了一层灰暗的色彩，在感叹爱情伟大的同时，我不禁惋惜生命的脆弱：在癌症面前我们是如此的手足无措。

4

我还活着。

也还好，我们都还活着。

接触的这些书、电影，真实地发生在我身边的事都让我对生命的脆弱有了更深刻的认识。这个世界上最大的奇迹就是我们都还健康地活在这个世界上，没有绝症，没有痛苦。

我明白现在衣食无忧、身体健康的生活是许多人所憧憬的，那么我便不能浪费掉多少人所希望拥有的正常生活，好好活下去。我要做个开心的、有正能量的人。

转　身

何　捷

　　那是一个萧瑟凄凉的秋天，爷爷一病不起，走了。

　　回老家的路上，车外的秋风呼啸着，如鬼哭、似狼嚎。父亲坐在一旁，没哭，只是眼眶微红。我从没见过如此失魂落魄的父亲，只好把我的手放在他的手上。就像以前我失落时，父亲把手放在我的手上一样。父亲看了我一眼，似是在向我诉说，又似在自言自语，讲起了爷爷与他之间的故事。

　　爷爷一辈子都是一个农民，在田垄之上劳作了一生。土地给予了爷爷坚强的意志。在父亲跟我一样大的时候，爷爷有时会带着他去田野里割麦。在当时的父亲眼里，爷爷就是一辆无坚不摧的坦克，所到之处，麦子都能服服帖帖地倒下。父亲是爷爷的影子，像个"游兵散勇"，跟在他身后无所事事。爷爷却不责怪父亲，只是交给父亲一把镰刀，让他自己去收麦子。阳光如织，不温柔地灼着父亲的后背。父亲不时直起腰，放下镰刀，看看布满水泡的手，终于，他忍不住，跟爷爷说："爸，停下吧，我受不了了。"爷爷站起身，沉默着，转身向另一块没收割的麦田走去。

父亲说，那个转身，教会了他什么是坚强。

父亲在叛逆期时，隔三差五地就跟爷爷发生"冷战"。有一次"冷战"期间，父亲即将开学，爷爷送父亲去学校。父亲双手空空，一脸的倔强，走在前面；爷爷扛着行李，走在后面。一路上，两人都一言不发。他们就这样，走到镇里。镇里人很多。父亲好不容易挤过人群，却发现爷爷不见了。他一转身，看见了在人堆里挣扎的爷爷。那一刻，他突然看见了爷爷鬓间的一抹白色和脸上岁月的痕迹。爷爷在人群中，是那样渺小。父亲在那一刻突然意识到——爷爷老了。父亲走上前，一手夺过爷爷扛着的行李，脸上的倔强却稍稍柔和了一些。爷爷抬起头，笑了，脸上的皱纹，却更深了。

讲到这里，父亲的声音忽然有些哽咽。我抬起头，正好看见他微红的眼角边有一滴泪滴下，划过他的脸颊。

车子缓缓驶入村子，停在了灵堂前，父亲下车，径直走入灵堂，走到爷爷的灵位前，跪下磕头、上香。香插入香炉后，父亲走到爷爷的水晶棺前，看了一眼。突然间父亲大吼了一声，转过身去，奔出灵堂，蹲在墙边。我在墙的另一边，开始只听见几声断断续续的呜咽，慢慢地，哭得撕心裂肺的号啕声，断续传来。

墙后的我，脑海中闪现着父亲与爷爷转身的样子。

桂花树

郑宁佳

　　奶奶家院里的桂花又开了。金色的桂花香仿佛要把这小小的院子抬了起来。

　　父亲几番想要把奶奶接到城市里住，老人却总是固执地摇摇头："不去不去，我走了这老桂花树多寂寞啊。"父亲没辙了，只得常带着全家往村里跑。

　　每次我们回来，奶奶都高兴得不得了。我搬来两把藤木椅，同奶奶一起坐在桂花树下。"你这丫头啊，小时候可闹腾了，在这院子里上蹿下跳，把你爷爷的桂花树折腾地弯了腰，"奶奶眼角的皱纹在和着暖阳的桂花香里染上了笑意，"那个老家伙气得直跺脚，又舍不得打骂你……"

　　奶奶许久没有对我这般絮叨。我半眯着眼，认真地听着。带着笑的句子却在柔风中戛然而止，我回头望老人，只见她浑浊的眸子里满是落寂。奶奶又挂念起她的老头子了。

　　二老相伴几十年了，院子里的桂花树也伴了数十年。两人表面小吵小闹不断，感情却是好的叫人艳羡。爷爷年轻时就爱摆弄花花草草。也不知道从哪里淘来了一株桂花树，传闻能开出世上最香的桂花。二老都对这棵桂花树宝贝得不得了。

每年桂花开放的时节，奶奶总领着我去采桂花。记忆中，枝繁叶茂的桂花树心无旁骛地洒着金黄，纷纷翩飞，泛滥着花幕，张狂中又夹着柔情。

爷爷就在一旁摇着扇子，得意地一声吆喝："老太婆，今年轮到我酿桂花酒了吧？"奶奶嗔怒："你可就别做梦了，我们家小丫头最爱吃我做的桂花糕了，今年的桂花必须通通归我！"说罢，便用她枯槁又瘦削的手轻轻划一下我的鼻子。

"你这老太婆不讲道理……"那时候，狭小温暖的小院总是安静不下来。

可谁能想到，健朗的爷爷竟比瘦弱的奶奶先去了。

毕竟年岁久了，桂花树也愈发龟裂斑驳了。尽管老桂花树每年依然守时地开放，但却开成了淡黄的碎金，开成了淡淡的孤凄。望着奶奶孤身一人扫起一地落花，我的心底一片潮湿。

我们费上好大功夫移来一棵相同品种的桂花树，奶奶却从未用它的花朵制成香甜的桂花糕。

穿堂的风拂乱了奶奶再也藏不住的白发，日益苍老的老人手里总是握着泛黄的照片，独坐在桂花树下，夕阳把她瘦弱的影子拉的很长很长。

"奶奶，我想吃桂花糕了。要世上最香的桂花做的桂花糕。"

绝版的茶韵

夏心怡

　　窗外，洁白的玉兰花飘落在铁轨上。而我将再次回到那条我魂牵梦萦的小巷，回味那个夹杂着清芬茶韵的"陈伯茶馆"。

　　孩提时，我常与爷爷去那个茶馆，一座唤作陆羽的石青像鸽立于馆前，茶馆内几串碧绿似玉的珠帘将茶馆分成了两堂，左边唤为品茶堂，那里品茶的人有少年亦有迟暮之人。帘子另一边则为制茶堂，茶架上铺满了各式各样的茶叶：碧螺春、乌龙……茶架前则立着三座石锅，其中一座石锅前会站着一位老伯，佝着背，一只手用炒茶帚让锅里翠绿的茶叶翻滚起来，打旋子；然后用另一只手不时抄起一把茶叶，置于掌心，感受茶叶的细腻。

　　陈伯很和蔼，同时也很"固执"，旁人见他一个人做太辛苦，便建议他买几台炒茶机来炒茶，可他总是摇摇头笑着说："这些宝贝啊，可是十分脆弱的，若用机器来炒，它们不仅易碎，还易失去茶叶原本质朴的香味。"提议多次后见并没有用，旁人也不再多提了。

　　有人说，茶叶要吆喝才好卖，我却从未见过陈伯呚喝他的茶叶。但每天到他那里买茶的人却络绎不绝。其实茶叶讲究的就是个韵味，好茶叶并不需要呚喝，当它那股甘醇浓郁的香味漫出茶馆时，便如云疋流泻一地，铺满整条小巷。

　　此刻，我又来到了这条小巷，站在巷口却不再闻到那股清甜芳香气味。我惴惴不安地走向小巷的那头，发现茶馆依旧在那儿，但没有了石像，走进茶馆，右堂三座石锅已撤去，取而代之的是几架冰冷的炒茶机。左边中式的茶具却盛放着西式奶茶，白发老人换作了黑发青年，我向柜台要了一杯红茶，"加牛奶吗？"那个柜台里的叔叔探出头来问道，我摇了摇头。

　　我泯了几口刚上来的红茶，只觉得那股甘醇浓郁的茶韵是没有了。他们说前年仲夏，茶叶最茂盛了，可陈伯却在那时悄然逝去。这茶韵恐怕是再也没有了。

　　我无法挽回已永远离去的陈伯，我也无法复制那绝版的茶韵，但我明白，那股茶韵并未随着陈伯的逝去而完全消散，它会萦绕在每一个怀旧的人的心中。

归　程

马佳玲

　　"原谅我可好？我失陪的青春，最遗憾的是你用最后的距离，目送我不安的远离，再无归期。"

　　坐在车上的我，望向窗外飞速倒退的景色，一点点拾起关于这片土地——我的故乡的记忆，却有些不忍、内疚。"佳玲，你有多久没回来了？"坐在驾驶座上的小叔突然问我，该很久了吧，"两三年了吧"，我答了个模糊的时间，却不愿细想。可能连我自己都害怕，与奶奶的上一次见面，上一次回到这里，是在更久以前。如果一切已经于事无补，恐怕我更愿能骗一会儿自己。毕竟我从未预料，自己口袋中那张高铁票，关乎的是一个亲人的生命的重量。

　　回避掉一些细节，我想大姑告诉我"奶奶走之前一直说想见你最后一眼，都没有看到"的这句话，足够我铭记一辈子。这句话承载着我的过错和我今生最大的遗憾之一。为何这么久没有回来了？我并不清楚。算下来，寒暑假、节假日，包括几天前的清明，我能见到奶奶的机会那么多，却都一一错过，只留下了在上学时，急着从深圳赶回老家的潦草收场。可能是我平日里见到父亲的机会也并不多，可能是我习惯了忙于学业的生活，可能是我在得知奶奶身体不好后，也从未设想过这种结局，这场遗憾。我在忙碌的日常里奔波，选择逃避、选择遗忘，最后将一切变成了刻入生命的痛与哀伤。

睹物思人，我想家乡的一切都让我怀念、感伤。大伯的女儿已经嫁了人，也有了孩子；小叔的大儿子也已经上了高一，父母口中我不熟悉的亲戚们一个个变老，而最直接的，便是喊出的"奶奶"再也无人应答的悲讯。

走出房屋外，墙角处肆意生长的绿草，无章地分布在泥土上的石子，远处一望无垠的山头树林，鼻尖清晰的气息，我却无法感受所谓亲近自然的恣意。这处记录着我部分成长的足迹的土地，也记录着我离开它的这些时光留下的荒凉，正一遍遍地提醒我，我怀念的所有皆是再难返回的从前。奶奶的葬礼是难得的一大家族人聚齐的一次，我们都不约而同地在悲伤的时光外叙旧，探寻着彼此最近的状况和曾经的模样。我知道，那个夜晚，大人们在外面聊天谈论，而我们这些晚辈在房间里叙旧玩闹的场景，又会是我多年后常常忆起的温馨画面。也多似我们之前的一次次相聚，不过我们现在越走越远了，连下一次相聚都还在无期。"我知道那个夏天，就像青春一样回不来"，可我还是会对那些人满怀期待。

这个世界有巧合吗？我想有的，就像在上周末时，爸爸刚从佛山到深圳，安排妈妈尽快回家乡照顾奶奶那样，在第二天我们都没有料到会接到噩耗。就在某个时刻，我觉得自己该懂事点了，就经历了一次生命里的"暴击"。"只要你真心渴望一样东西，就放手去做，因为渴望是源于天地之心，因为那就是你来到这个世间的任务。当你真正渴望某种东西时，整个世界都会联合起来帮助你完成。"或许这对于现在的我而言，我渴望的就是"成长"。如果命运逃不过，那我愿意将这巧合当作上天安排的一份"成人礼"，让我铭记自己的决定，让我明晰的生命里永远无法挽回的遗憾。

在最近的时间里，我总会为一种感伤困扰，后来我才知道那是我们一家人逐渐"聚少离多"的现状。哥哥上了大学，回来的时间也只有寒暑假；一周七天，我只能有两天在家，未来的日子，高三、大学，那些也是我未来该走的路；爸爸平日在佛山工作，妈妈也在为我们每日劳累奔波。我曾因此十分介意，也常感慨于一家人能聚齐的时候。释怀是什么时候呢？大概是这趟归程吧。我自己坐高铁往返于家乡和深圳，听懂了太多无法弥补的遗憾，也仿佛看到了自己独自奔波的未来。或许对父母而言，哪怕他们心中有再多牵挂，也只愿儿女能走更远。而我也不愿自己辜负他们的期待，只是求自己在未来，不要再忘了谁，不要再亲手创造遗憾。

这两天"遗憾"这个词一直停留在我脑中，可遗憾教人成长，也教人放下。"我知道这世界每天都有太多遗憾，所以你好，再见。"愿奶奶一路走好，也愿我未来配得上她曾给予的，所有期待。

我与深圳地摊的故事

雷宝雯

　　"地摊经济"是最近很火的一个词，而深圳已经禁止摆地摊许久。在浏览相关话题时，我看到讨论区有人在讨论深圳哪里可以摆地摊。这周五放学回家，看到家附近有好几个人在摆地摊，卖二手书的、卖手机壳贴膜的、卖烤串的……一股熟悉感扑面而来。

　　在我读二年级的时候，父母便开始摆地摊——卖早餐。最开始我家卖的是豆浆和炒粉。每天早上三四点钟，父母就起床准备今天要卖的早餐。母亲将前一夜泡好的黄豆、绿豆等分别倒入豆浆机，加水，开始制作豆浆。做好后倒入装豆浆的大桶里。同时，父亲去拿昨天预定的河粉、肠粉（这个肠粉不是那种加蛋肉菜的肠粉）回家。然后，他们开始炒河粉和米粉。五点多钟，准备出摊。六点，我起床了。在家准备好要带的东西，就出门去父母的摊位吃早餐，一边吃一边等校车。偶尔遇到父母有点忙时，便帮父母打豆浆出来，打包好给顾客并送到顾客手中，收钱。当时，在那里卖早餐的不止我家，还有一个卖粥的阿姨和一对卖煎饼的夫妇。父母和他们的关系都很好。有时候，他们会给我们一些他们自己做的好吃的。父母在那里卖早餐的那几年，也有其他人卖肉夹馍、卖炒粉等，但他们在那卖了一段时间后就离开了。

有一年，卖粥阿姨的女儿生了孩子，阿姨回去帮忙带小孩，在离开前把她卖粥的车子、锅等给了我们家。因为车子的大小有限，所以我家开始不卖豆浆，而是卖粥和炒粉，就这样又卖了几年。记不清是什么时候，城管出现了。刚开始因为我家主要是早上卖，影响还不算大。后来，管得越来越严，父母也开始寻找铺位去卖早餐。在看了好几个地方后，和几个人一起租了村里的一个店铺，同时与卖蛋肉肠粉的、卖土家酱香饼的、卖卤水的一起开店。前几年，村旁边的两座厂也搬离了。这个村的出租屋和店铺生意原本主要就是靠厂里的工人。厂搬离后，村里的各类生意都不太好，我家的早餐也受到了影响。村里的大部分出租屋也开始改造成公寓，主要租给白领一类人群。生意稍有回暖。

去年，在经过一番考虑后，父母决定开一家餐饮店，并利用网络外卖平台做外卖的生意。于是，他们重新寻找铺位，想店名、要售卖的食品，办理相关证件，找外卖平台等。现在，这家店已经开张几个月了，生意在慢慢变好。

再次看到路边摊，回想起自家曾经的摆摊经历，感觉熟悉的那个深圳回来了。

我的深圳故事

郑子桐

　　高中之前，家庭外出对我们家来说几乎是每周的必备事项。去公园到郊区，爸爸的相机记录了那几年的回忆，每次外出回家后，他都会把电脑里的照片整理出来，一张张存入文件夹里。而现在，高中生活让这一活动变得难以实现，电脑前也不常看见爸爸整理照片了。

　　又一个周末，我回到了家，意外地看见电脑前爸爸的身影。就像之前那样，他整理着照片，微微扯着嘴角，微笑着。屏幕上的有站在拓荒牛前的年轻的他，有刚找到工作在公司门口的他，还有在新房子里收拾东西的他和妈妈……从 2000 到 2020 年。那天晚上，我们家坐在沙发上，看着爸爸整理的照片，妈妈说："时间过得真快啊。"

　　在这些照片里，有我们一家和这座城的故事。

1

　　2000 年，他们来的时候，深圳还没从二十年前的样子中改变，是一个治安很差且交通不便的工业园区，几毛钱是一顿早餐，大冲还在城中，没有成群的高楼。在那时，爸爸上班只能坐汽油味很重的小巴，在公司里上班赚的钱不到一个出租车司机的三分之一。小灵通是当时最好的通信工具，话费是昂贵的，充话费的钱相当于当时吃一次早餐的费用。电话亭站在每条街的街角，人们领工资要去银行提现。

爸爸翻到了一张照片，是他给妈妈的买的一份惊喜——一部手机。照片里，妈妈攥着这份礼物，惊喜的表情被捕捉在照片里。那时的手机只能从香港代购而且价格昂贵，爸爸说，他买了两部手机，一部在运送的过程中还被人偷了，妈妈的钱包也被偷过；妈妈说，那时的治安很乱，晚上的时候不能轻易出门，上班还要随时携带边防证。爸爸工作的公司被富士康收购了之后，他每天都要五点起床去赶车，才能在八点前到富士康。其他的住房饮食条件"一塌糊涂"，就算是那时最好的中心区也十分糟糕，边区的草棚屋还存在着。

2

转眼就到了十年后，高楼和熟悉的商标开始出现在爸爸的照片里。2011 年，四号线通车，地铁网也初具规模，道路情况开始改变了，收入条件改善了，企业也开始高速发展了。电话亭逐渐离开了街角，红绿灯和路灯代替它挺立在那里。大冲的拆迁，新的工业建设用地也在规划中，高新园区结构调整，企业开始入驻。

家里的第一辆车出现在了大屏上，爸爸站在车边，一手叉腰。妈妈笑着，说看看那时的爸爸，哪有现在这么胖；爸爸说那是条件改善得太快了，他的饮食选择太多了。

3

2020 年，现在的深圳，社会高速的发展，随着互联网的引入，深圳的科技力量提升，华为、腾讯等高新技术产业公司密集；义工们站在街角，为人们服务，传递着优良精神；人们的生活质量大幅提升；深圳已然成了为世界所瞩目的中心，通讯技术的发展，5G 的研发，高铁的普及，技术的创新……谁能相信一个隶属宝安县的小渔村在改革开放二十年过后能成为这样一个引领世界的国际化大都市？

最后，照片翻到了已上高中的我，时间的流逝，时代的变迁，令人感慨。现在的深圳是属于我们的，新一代的青少年早已背负起了时代的责任。

一本相片集的结束，却是一个新的时代的开始。展望深圳的未来，未知和机遇可期，深圳必将高速前进，造就辉煌的未来，而我们更应在此际，砥砺前行。

掌握爱的能力

偷来的生命

孙锦澜

如果生命只剩下十分钟，你会选择如何度过？

在三十四年前日本盂兰盆节的前夕，人们陆续和朋友告别，有说有笑地登上客机，大家脸上都挂着过节的殷切与喜悦，他们都期待与家人的团聚，美丽的少女在客舱窗户前戴着耳机惬意地哼歌，小朋友举着飞机模型激动地挥舞着，老人互相问好，微笑地聊些家常。不久后，飞机起飞了，很快就滑翔到了云层上，一切良好。

但是，在飞机尾部，有一根小小的铆钉：它那么小，以至于之前维修员兴许忽视了它的锈斑，它已年迈，太过疲惫，再也无法支撑住这强大的冲击，于是它脱落了，从几千米的高空中坠落，但是它太小了，以至于除了高空中飞翔的被惊动的鸟，谁也没有注意到它。

不久后，飞机开始颠簸，但是大家并不慌张，都想着也许是遇到了什么较强气流吧，然而，一阵爆炸的巨响让众人慌乱起来，机长绝望地发现机尾压力罩破裂，飞机开始失控，像醉酒似的摇摇晃晃，大家奋力将面罩戴在脸上，然而液压系统已经损坏，根本无法提供正常呼吸，众人在剧烈的摇晃中无能为力，不断有物品从上方摔落在地，有人开始哭喊，有人默默流泪，有人双手合十祈祷，机长的脸上汗珠不断滑落，咬牙推着操纵杆，抱着侥幸的心态同死神放手一搏，却无力回天，飞机像折翼的鸟打着转直奔地面。这时，飞机上的大多数人都已经知道了自己的命运，有人努力掏出纸笔，在艰难地写着什么，大家似乎都想留下一些印记，母亲抱紧哭闹的孩子竭力安抚，中年男子掏出皮包里的全家福照片不停抹泪，两鬓斑白的夫妇抓住对方的双手并握紧……飞机在空中留下了一道优美的弧线，像是死神的镰刀划过。终于，它消失在了群山之间，几秒后巨大的爆炸音响起并发出一团耀眼的火光，烈焰伴随滚滚浓烟燃烧。

这就是近段时间在网络上广为流传的"日本123号班机空难事件"的视频，此次空难被称为"世界第二大空难事件"，机上520名乘客及机组成员全部遇难，只有4人奇迹生还。在飞机残骸中，人们发现了他们的遗言："无论发生什么事，儿子，一切拜托你了。""孩子，你要好好照顾妈妈，爸爸真的很遗憾。""这些年我过得真的很幸福。""智子，请好好照顾我们的孩子，就像我要远行一样。"……

这些遗言，是他们对这个世界最后的眷念，里面包含了太多对家人的牵挂与不舍，读起来令人心酸。

这个世界存在着太多的偶然因素了，我记得复旦大学教师陈果曾说过："生命中的每一个日子都是偷来的。"因为在世的所有人都还能平安无事地活着，他们规避了多少危险，躲过多少次事故，才健康幸运地活到了现在。然而在平时，我们很少真正意识到生命的宝贵，因为我们生活得太舒适，有那么多的人在我们看不见的地方为我们保驾护航。可是，你永远也不知道明天会发生什么，也许到了那一刻，你才会意识到有那么多的话还来不及说，有那么多的卡片还来不及寄出去，有那么多的风景还未曾看见，有那么的多的梦想还未实现⋯⋯请不要认为安逸的日子会很长，因为生命中的每一天都是悄悄偷来的，请好好珍惜每一天、每一刻、每一分、每一秒。

砂　砾

梁昊雨

一颗砂砾，可能是从火山灰侵蚀的山岩、死亡的生物、腐朽的人尸骨演变而来。

日复一日地风化下，大块的石英石也会碎成小块儿，最后在时间的磨砺下成为一粒又一粒晶莹的砂砾。

很有可能，几百年后，那一小块儿砂砾，正是来自我们的躯体，源于我们的骨骼，承载着我们已经安睡的灵魂。

也许，在命运的安排下我们又会遇见彼此

可能是我的一小部分手掌或头骨

和我的小部分躯干、腿或者脚相遇，

以砂砾的形式

遇见了你

我可以静静地靠在你的旁边不说一句话

我的小部分和你的小部分混在一起

有点类似于《瑞士军刀男》里面那就句感人又有点"恶心"的话：只要一小点变动我就会与你分

开，但如果够幸运，我们打着转还是会遇到。

说不定，连在我回忆中的旧物也与我同在，说不定还会打着转儿突然出现，却不会告诉我，他们是如何经历千辛万苦才到这里。

　　这些都是幸运，
　　如同在海上与你相识。
　　同坐了一艘船，一同飘过了一片海，
　　如果这个世界足够美好。

一颗砂砾还可能会是一粒种子，而另一个小小的如我一般的砂砾，从一旁探出头来，可以仰视着另一个它：生长、开花、结果、衰败……等着它的一部分像我的一部分一样成为砂砾，再看着它带来的更多的生命。

世界上的砂砾多到数不清，千年以后，我不可能认清哪一个属于谁的，正如我连自己都不一定认得出来，恰似一滴水，滴入海中；食盐袋中的一粒盐或一个人，投入到茫茫大海，不可能被那么容易认出来。相识，或再一次相逢几乎都是幸运，是命运最温柔的一面。

面对浩瀚的时空，我会静静地等到进入地下，等我再回到地表世界时，又会是怎样的一副新的天地啊！

爱是一种能力

何维霖

生活中总有这样的瞬间，能够在不经意间击中心扉。比如近期，一则"为生命接力、与时间赛跑"的消息刷爆了"朋友圈"，沿路车辆纷纷为疾驰的救护车让行；一个骑着摩托的年轻小伙，挡在车流前护卫陌生老人安全走过马路；一名地铁执勤的文明劝导员，将鞋子借给急着赶路的乘客后坚守岗位……是什么促使他们做出这样的举动？又是什么，赋予这些情境打动人心的力量？答案就来自"爱人者，人恒爱之"这个朴素观念。的确，只有心中有爱，才能感知生活的温度，传递人生的暖意。

爱，从来都是一个难以准确形容的概念，却从不影响人们用一生去感受和追求。望着襁褓里的婴孩，父母嘘寒问暖是爱，为之计深远也是爱；看着奋笔疾书的学生，老师"恨铁不成钢"是爱，耳提面命也是爱；搀着垂垂老矣的老人，直言不讳是爱，善意谎言也是爱……无论什么方式的，都是一种直达心底的情感、一股充满感召的力量、一个终身受益的能力。

内敛的爱，往往悄无声息，且细若微尘。有人说，爱是一首歌，用心演奏才能弹出醉人的旋律。是啊，意志消沉时，父母的一句鼓励就能驱散心中阴霾；单调枯燥时，恋人的一个眼神就能心动不已；误解争执时，陌生人的一个笑容就能握手言和。其实，爱一直在我们身边。只要心中有爱，何处不是春意盎然？只要心中有景，何处不是花香满径？用爱去对待生命的每一次际遇，生活也将报之以歌，世界也将报之以爱。

奔放的爱，亦可气吞山河、惊天动地。"我是中国人民的儿子，我深情地爱着我的祖国和人民。"爱没有大小之分，爱己、爱家、爱国都同样伟岸。我们看到，无论是历经站起来、富起来、强起来的激动，还是走进新时达的自豪，炎黄子孙对国家和民族的爱永远历久弥新。犹记得，南海仲裁闹剧举国上下众志成城；莫敢忘，汶川十年中华儿女风雨同舟。

爱是一种情感，也是一种能力，需要理解和尊重，更需要自控和坚持。爱是给予，而不是获得。"爱是一种伟大的感情，它总在创造奇迹，创造新的人。"在日常生活处滋润爱的雨露，在家国情怀中汲取爱的力量，我们才能拥有更强大的力量。

尝试听自己说话

邱欣怡

生而为人，我们注定会孤独。充实感和满足感往往寓于消除孤独的过程之中，但孤独的感觉是无法被彻底消除的。孤独是生命的一部分。

孤独是什么呢？很多人并未真正体味过这个词的含义，他们常常将"无聊""寂寞"混为一谈，其时这是三种不同的心境：无聊是把自我消散于他人的欲望，它寻求的是消遣；寂寞是自我与他人共在的欲望，它寻求的是普天下人间的温暖；而孤独是把他人接纳到自我之中的欲望，它寻求的是一种理解。它是上帝赐予苍生最珍贵的情感——它让我们看清自己、看清世界。

周国平在他的散文中写道："世界是我的食物，人只用少量时间进食，大部分时间在消化。"而独处的过程就是"消化"世界的过程。就像我们写日记、写随笔一样，在和自己心灵进行深度"交流"的时候，内心是不会浮躁的。心灵上的孤独在内心里汇聚了一条无声的激流，直向心灵最深度迸发。

孤独也是一种自我"修复"的方式。周国平将心灵和胃做类比，很有意思。他说："如果没有好胃口，天天吃宴席又有什么乐趣，如果没有好的感受力，频频周游世界又有什么意思？反之，天天吃宴席的人怎么会有好胃口？频频周游世界又怎会有好的洞察力？"心灵和胃一样，需要休息和复原。尤其是在当今喧嚣的都市生活中，孤独是一剂恰到好处的调味品——因为独处和沉思是最好的修复自我方式。

孤独更是一种境界。纵观千百年来古今中外的先贤、哲学家、诗人等，无不都是孤独的人。而大多数流传千古的佳作都是创作于作者生命中的孤独时期。我能想象出他们孤寂的背影，独自在灯下徘徊，心中的寂寞浓郁得无法排遣，自斟自饮生命的酒，却别有一番酩酊滋味。

孤独不是孤僻，两者都不合群。前者是因为精神上的超群卓绝，后者只是因为惧怕的自我封闭。然而，内心孤独的人有时却很难得到别人的理解，长久下来便会产生一种外在的孤独感。

"学会孤独，学会与自己交谈，听自己说话——就这样学会深刻。"诚然，获得理解是人生巨大的快乐；如果没有，也不必刻意苛求。

知识即权力

邱欣仪

　　"名嘴"蔡康永曾提出一个观点，为什么宗教迫害科学？因为科学和宗教在争夺解释世界的权利。

　　从小我们接受教育中有一条著名格言：知识改变命运。好像大家从来没有弄明白它究竟是怎样改变的，也许在大多数人的认知里，知识是现实阶级突破，拥有财富和名声的跳板。不可否认，这确实是知识最直接最现实的用途，但绝不是最重要。知识不仅是知识，它还是资源的垄断，是在科学界里有知者和无知者所争夺的最终解释权。

　　前段时间在微博上引发了一场关于学习英语的必要性的争论，网络作家花千芳认为：英语是一件废物技能，查阅外文资料只需要一支专业的翻译团队就能搞定。仔细揣摩这份言论，就会发现那些高举英语无用论大旗的人无疑是将对知识的解释权自动推给了第三方，即那些拥有知识的且掌握这是渠道的专家和媒体。

　　语言文字作为知识的载体是我们获得知识最直接的渠道，事实上我们得到的大多信息都是二手的，目前，我们面对的是一个信息污染的空前严重的时代。

如果我们打开国内最大的中文搜索引擎，就会发现首页被各种营销号的口水味充斥着，乌烟瘴气。

越是信息错综复杂、逻辑链越不明显的时代，越需要能够直接获取和处理信息，明辨是非的能力。

西方未来学家阿尔文·托夫勒在《权力的转移》中写道，在当今世界起支配作用的权力正在悄然发生了一场革命性的转变，其中一个关键因素就是知识，它代表着一种崭新的社会权力，当社会金字塔尖上的精英像白衣上帝一样，把语言背后的知识世界的控制权控制住的时候，世界就不是一个多方博弈的状态，而是有一小群人操纵着，在我们不知道的某一个角落冷静地嘲笑我们，只有当大部分认识到知识即权力这一道理的时候，知识无用论才会彻底地隐匿它的声音。

人类伟大的缘由

罗晶云

> 世上每个人都有一个他知道实现不了的梦想，但他会用一生去希望和等待它的到来。我们人类因此悲哀，也因此伟大和战无不胜。——约翰·斯坦贝利

"明知不可而为之"，这句话本身就带有一股轻狂而嚣张的气息，不是玩世不恭，而是一种挑衅，对所谓的"不可"进行挑衅，就比如说遥不可及的梦想、志向远大的理想抱负。

我羡慕那些有远大抱负的人，更敬重那些坚持自己理想而不懈努力的人，相比他们而言，自己的平庸与无所作为显得可笑。可谓是自己有心却无能为力，曾经的自信已经一点点地被现实折射成"自负"二字。

我的梦想没有他们那么远大、那么高远、那么明亮，我的梦想显得很简单、很朴实、很细致。我知道，梦想是不分高低贵贱的，每个人的梦想都是平等的，都是他们内心所渴求的，我们没有理由践踏别人的梦想，也没有理由捧高别人的梦想。

梦想应该是人内心中纯粹的、美好的追求。正因如此，人为了内心的遥不可及却又美好的渴求，会拼尽全力，甚至会不得已地抛去一些东西，甚至会不择手段，甚至到了最后自己迷失了方向。所以人在梦想面前显得可悲。

而尼尔·盖曼说："你害怕一件事，可还是要去做，那才是勇敢。"也正是因为人在梦想面前敢于拼搏，敢于同自己做斗争，敢于同世界做斗争，有时在世人眼里是非常荒谬的，但在时间的见证下，你的梦想终究被认可了。因而，人类也因此而伟大而不凡。不论是敢于挑战教皇权威，提出了"日心说"的哥白尼，还是敢于追求真理，提出了在当时饱受争议的相对论的爱因斯坦，他们都是不凡的，正因为有这样的人存在，人类才是伟大的。

认真痛苦，努力生活

夏琦临

如果身处一个难以脱离的集体，尚未来得及融入，就已经对它感到失望透顶，那么你要怎样才能够获得快乐？

当然是将自己揉成大家认同认可的形状，尽力把自己塞进这扭曲的拼图。但是，假如你不这么做会发生什么？

设想，墙上有一幅缺一块的拼图，而你正是一块恰好与那拼图相配的。

只有一点不好，你的形状与那个缺口不太相符，你想走，但是墙上的每一块拼图都因为你向后挪了一小步而开始谴责你。

"我们这副拼图就差一块就完整了呀！"

"你就不能改变形状成全我们的完美吗？"

"你怎么这么自私？"

"没看到我们只差一块了吗？"

于是你把腿砍了下来接到脑袋上，把大脑里的东西全部洗去，告诉自己，我不痛，我属于这一块拼图，你削砍身体，更换大脑，你身边的拼图块儿们倍感欣慰，更加用力地挤压你，在挤压中获得快感。

你听到它们向别人夸奖你，将你自残式的献祭，美其名曰宽容、有为人民服务的精神……

但其实，你还是你，总有能透视这幅拼图的人会留意到你这一块小小的，变形的拼图，看着还摇头。

有时候，你甚至会已经忘了换掉你自己的大脑，到底是不是自己的意愿。

有时候你会突然发现，现在的自己不仅看起来是个"残疾"，精神也不健全。

但更多的时候，你又记得什么？

"我属于这块拼图，这幅完美的拼图。"

我们可以得到一个更直接的结论，想让自己脱离痛苦，获得快乐，也许我得先把自己变成一个双重残疾，但这样亏本的买卖谁会去做呢？

我就是这么做了。

但我本就属于这个拼图的一部分，我能怎么办呢？

可是现在，我其实宁愿做一个痛苦而健全的人，也不愿意扭曲自残后做一个快乐的傻瓜。

痛苦是一个人必然后经历的事吗？

如果是，那我也没有办法，我应该认真痛苦，努力生活。

心向太阳，何惧远方

黄茵珠

漫漫人生，有多少事是我们可以预料和控制的？我们无法预知到未来的每一步行程和轨迹，所以我们苦恼着；我们无法控制事情的发展和结局，所以我们忧愁着。

我不止一次看到过秋风扫落叶的场面。人的一生，说长不长，说短也不短。每个人"虽趣舍万殊，静躁不同，当其欣于所欲，暂得于己，快然自足"，所以不断努力着。树也有经历风吹雨打的时候，纵使在秋风中落光了叶子，来年终会茂叶繁繁、郁郁苍苍；人也有经历挫折的时候，纵使在生活中悲喜交加，可终会有苦尽甘来的时候。

学习的苦恼、青春的迷茫、生活的琐碎，总会让人莫名地烦躁，让我觉得这还未走远的人生就像是一场不可预测的苦难，仿佛每走一步都没有再回头的机会。

若不是在不断成长的路上遇到挫折，我是不会懂得失去的忧伤和成功的喜悦。见过多少虚伪和冷漠，发现原来每个人都戴着一副面具，人性的真善恶是要透过这层伪装去发现的。

生活也不能一直悲观，内心要充满阳光，世界才会是温暖的。我们虽然无法预知未来，但可以把握当下，可以尽力前行。许多事，经历了才懂得；许多梦想，追逐了才更接近。能够真实、踏实地过好每一个平凡的日子，这本身也是一种幸福。哭一哭、笑一笑，生活还是照样过。

有人说，人生像一只大苦瓜，放入口中，苦味自舌根而出，但留下清热益气的功效，这是人生苦的本质。但我更愿意相信人生是一杯无色透明的白开水，加了蜂蜜就是甜的，加了盐粒就是咸的，加了茶叶则有一种淡淡的苦味。给自己的人生添加不同的"调料"，就会有不一样的"味道"。

纵使生活不完美，也要经得起世事的考验，撑得起天大的压力，相信所有的努力都是值得的，相信所有的不期而遇都是有意义的，自己所做的每件事，都是要对得起明天的自己，有付出才会有收获。

阴霾终究是短暂的，雨后天会晴。心若向阳，何惧黑夜；心若向阳，何惧远方？

更爱自己更提防自己

邱欣怡

现在是 2019 年 3 月 19 日晚上 9:00，离我 17 岁生日，还有不到 24 小时的时间，谨以此文作为 16 岁的我对 17 岁的一点点嘱托。

这一年，我自认为是快速成长的一年，在迷茫和希望的交织中渐渐寻找到了方向。至少不会再回忆起来这一年的时候会感到乏味，不会悔恨自己怎么又浑浑噩噩地度过了一个年岁。

认识了越多的优秀的人，就越深刻地认识到自己的不足，与不同的优秀相比就会有各种对应相形见绌的缺点，我也曾为此焦虑过，甚至自我怀疑过，但我也渐渐地发现，我总是太在意与别人相比我还稍显逊色的林林总总，放大了自己的不足，却忽视了自己本应该引以为傲的闪光点。

我本以为只有拥有才能够带来自信，但我现在认为只有自信才能够拥有。每个人都不一样，若在比较中失去了真我，这是一件更可怕的事情。

每一个完美主义者都是痛苦的，因为完美是他们终其一生都到不了的彼岸。

自我怀疑不如选择自我相信，一点一点地向心中理想的样子靠近，为什么会产生那么多的焦虑呢？那么多的顾虑呢？

是因为我们给自己找了太多太多的"假想敌"，这些所谓的对手不经意间偷走了你本该留给自己的时间和精力。

比"知彼"更重要的是"知己"，可是后者却经常被忽略，甚至被隐匿在一个卑微的角落里，如果一定要给自己找一个敌人，那一定是自己这个唯一也是最大的敌人。

17岁的我要更爱自己，也更要"提防"好自己。

等　待

张　懿

我很喜欢一个词：等待。

不是"等等"，也不是"等一会儿"，而是"等待"。

陪着同学去食堂充值饭卡不是等待。

看着时钟计算着离吃饭还剩几分钟也不是等待。

等待，是平静地期盼着自己所想、所爱的到来，等待是值得纪念的过程，而不是在快要迟到时急匆匆地对舍友喊一声："等我一下"。

我喜欢那些因为等待而积淀下的情绪。小女子在江楼等待归来丈夫时的愁绪；旅人在山顶等待日出时的欢喜；隐士在田野等待知音到来的孤寂；狐狸在午后等待小王子到访时的焦急。这样的等待过程是不容易的，恨不得时间长了脚的着急。

但我觉得，等待同时也是美丽的，这样的等待，让最后的相遇变得难忘而又值得回忆。

我们最大的错误就是不懂得珍惜，在失去之后才后悔过去的浪荡，而等待教会我们珍惜，因为没有水生活难以为继，我们知道要珍惜用水；因为我们感受过在约定的时间快到的时候，等不到列车的焦虑，所以我们知道要提前安排；因为我们体验过等待，见家人朋友的度日如年，所以我们珍惜每一次相聚。这是因为等待让生活变得更加美好，每一朵花的盛开背后都有漫长的等待，所以当我们可以嗅到每一缕花香时都应该感激。

等待，等待，一边等一边期待。也因为有期待，才会有等待，"一期一会"的禅意便是最好的体现，所有的等待都是为了那样一次完美的聚会。

春天到了，先等待绿芽，再等待花开吧。

保护和寻求庇护

孙锦澜

曾经，有一新闻这样报道："2030 年至 2052 年全球或升温 1.5 摄氏度"。这是一条概念十分模糊的警告，对于大部分人来说，1.5 似乎是一个很小的数值，你即使在房间中把空调从 16℃调到 17.5℃，人也仍然是一条冻僵的"咸鱼"。但是，如果你把地球的温度调高 1.5℃，那就成功地把全人类投入了地狱。所有令人毛骨悚然的科幻片，或是触目惊心的灾难片（比如《2012》中的火山爆发、海啸横行、地震肆虐，或《后天》中人类在冰天雪地中夹缝求生）里的场景都会变成现实，相信你不希望它们走出荧幕吧。

人类总喜欢把自己区别于其他生物，能达到像庄子那样"物我两融"的境界的人寥寥无几。不错，人类的确是大自然创造的奇迹，我们有太多值得骄傲的资本。我们花了几千年的时间创造出相对辉煌的文明，然后再花上几百年时间逐渐把它们毁灭。这就是我们的智慧，当然，前提是我们没有意识到事态的严重，继续沉浸在为自己编织的幻梦里，继续带着与生俱来的优越感生存在宁静美好的遐想里，大肆浪费、大肆污染，这种骄傲迫使我们不愿正面面对残酷的现实，不愿屈膝承认自己根本不能征服或打败自然，只能对它抱有绝对的敬畏。

我们常说要保护地球母亲，这其实是很可笑的，好像我们能主宰什么似的。地球不需要我们保护，相反，我们得以生存的一切都仰赖于地球，因此，我们只能寻求地球的庇护。地球温度就算再升高几度，它依旧能存在（或许）。但人类的生活环境却是如此的脆弱，大自然的一次发怒就可以夺去成千上万人的性命，可以在弹指间让人们所珍视的一切灰飞烟灭。

尽管有那么多人已经在呼吁保护环境，为之付诸不懈努力。但是，他们不被理解，不被认可，被说成小题大做、有妄想症、危言耸听、杞人忧天，被指责、被侮辱、被嘲笑、被看异端的眼光戳刺……他们是真正高尚的人，因为如果没有人愿意听取他们的话，等到预言成真的那一天，曾经愚妄无知的人们才会发出一声慨叹："原来他们是对的……"这个时候，没有人再会像追忆布鲁诺那样，去褒奖这些时代先行者，因为所有的人已在下一秒被漫天洪水卷走、被熊熊烈焰焚烧、被无尽深渊吞噬……

我不想像所谓的疯子一样宣传什么世界末日论。我曾经厌世和绝望，但现在我热爱这个世界，我热爱生活，人世间明明还有那么多的美没有发现，还有那么多的幸福没有享受到，这一切原本皆可挽回。也许有人会想：我那么渺小，我做这些有什么用？这世界上有那么多人，凭什么让我为了什么低碳环保做出牺牲？这个想法就跟"明明有那么多人讲话，老师为什么只说我？"一样幼稚。我认为我们必须尊重那些从事这方面科研的人，因为在这个生产力高度发展的时代，唯一能改变现状的唯有科技。我是一个感性的文科生，写不出什么大道理，我只希望人们能有所意识，哪怕只有一点点。

在此，我还是要重复一遍自己说过的话：人们常说要保护地球母亲，这其实是很可笑的，好像我们能主宰什么似的。地球不需要我们保护，相反，我们得以生存的一切都仰赖于地球，因此，真正寻求地球庇护的应该是我们。

保持冷淡的意义

卢皆娴

"说一个人一味地热情，那一定是盲目的。就是你一定会有大部分的时间是冷淡的，才能够对比出那些人，那件事情抱有极高的热情。如果被温暖两个字绑住，就更吃力。"——蔡康永

小时候，家里的大人总是会说："哎呀，小孩子要开朗一点，热情一点吗，做事情要积极。"这看似是对的，我从小到大也总是对所有遇到的事、所有遇到的人先报以热情、积极的态度。可随着我慢慢长大，却发现适当保持冷淡，恰恰是一个更好的态度。

我曾经十分满意于维持自己对每个人都好的"好心人"的形象，接受着别人对我的赞美，无论是真心还是出于对我的需要。而我自己本身也忽略了内心的感受，就这么一天天的将"塑料"的友谊维系下去。这样长期的"被需要"也使一些身边的朋友形成了过度的依赖。本来向朋友倾诉是一件证明友谊十分深刻的标志，可当许多人都来找我倾诉的

时候，我反倒觉得自己不像他们的朋友，而是宣泄情绪的垃圾桶。这使我明白热心帮助别人的限度，一旦越过了这个度，将会很吃力。它提醒我对人要保持冷淡，如果一开始便拿出热情的态度很可能造成对方"我们是好朋友"的错觉，而最后发现二人性格不合，对彼此都是一种伤害。一开始便与他人交心摆出了足够的诚意，但也为日后不合而扯不下脸说绝交埋下了隐患。

做事也是如此，只有对大部分的事情保持冷淡才能知道自己喜欢做什么，不喜欢做什么。小时候看成绩好的小伙伴们都上数学补习班，于是我也和他们一起上。我以为我是对数学补习班有热情，可事实上我在那里根本学不到什么：因为我一点也不喜欢数学。可当时我是抱着足够的热情去学的，为什么学不好呢？上了高中，我依旧不喜欢数学，但我也不再去像小时候一样有那种想像学奥数的小伙伴们一般快乐地钻研数学，而是明白我应当做的：将高中数学学好，学好相应的知识。我也逐渐明白，将来我所从事的工作是我所热爱与擅长的，它需要我冷静的思考与寻找，才能知道我真正所爱的是什么。

对大多数事，人们会保持冷淡，在如今的我看来，是一种明智的选择，它能够遵从本心，做出合适的选择。

猪或人

赵宇欣

　　我实在是看厌了"快乐的猪"和"痛苦的人"之类说法。首先其言偏颇至极，人往往乐意说一些刻薄的话，一下子使听者震撼，再利用一下人们的偏爱对号入座的习性，使快乐的听者惴惴不安，唯恐成为猪；而心情不顺的人便有了安慰："嗯……所幸我尚且为人。"

　　猪与人的分别，恐怕不是快乐不快乐而决定的，因此我诚实地说，我不知道为何会有"快乐变成了猪"这样的说法，所以这之中透出的是众生皆可笑之极，自怨自艾的人们为其他浅薄且思想忧郁的人们把这句话认作是至理，以抬高身价。他们好像从来没有快乐过一样，上一秒或许在哈哈大笑，下一秒便为没人理解我抑郁忧伤起来，但这不打紧，这正好满足了人们抬高自我的乐趣，正因为如此，为这些问题顾影自怜的人们，沉浸于自己的痛苦之人，且自以为高明了。

　　人的生活一点快乐都没有吗？除了心理有障碍的人，我想普通的人的生活必然会有乐趣，所以快乐有什么问题吗？即使加缪如何说生活无意义，那么无意义的乐趣有问题吗？什么事都应当有意义吗？而痛苦是先天的有意义，这种想法的人才是真的没有意义，为何我有了快乐有乐观的看法，我便是不如诸位的自诩为人的"猪"？

一定要把快乐和痛苦当成分人高下的标志，我认为这种行为有失偏颇，而因此得到满足的人才是真正的愚昧。自己拒绝了生活的快乐，营造出痛苦来满足自己的优越感，他们认为生活空虚，周围的人无知，而自己独自清醒，这种人，我该称之为是"无耻的猪"。

治愈这个世界

杀手忙碌

杨小震

闲来无事，在手机上点开父母转过来的文章，我不经意翻看了其中一篇鸡汤文，这篇文章在文末异常愤慨地说一句：想要毁掉一个人，最简单的方法就是让人无所事事。

来来来！让我替"无所事事"好好地谴责一下被众人夸赞的繁忙吧！

如今职场中点灯熬夜完成工作的职工会被大肆夸奖、肯定，当人们聚集在一起聊天的时候，那些个每天忙到没时间吃饭、天天见客户的、开会一天三场的、昨天出差才回来的，准会被给予安慰与敬佩。而在学校里埋头苦学的孩子也会得到他人相似的反馈。

要我看，这只不过是社会规则，为了固化阶级而减少矛盾的谎言，与个人发展来说没半点好处。

很想问一问，那些尽力完成老板业务的，回家刷手机半夜疲惫入睡的人们，有多少人最近读书了呢？上一次聚会、社交玩乐在何时？其他的无数原本颇有建树的特长呢？技能还掌握着呢吗？

他们每一天忙碌且疲惫，却再也没有上升的空间，这样的生活，一切都似按了快进键般，等回过神，一年时间也没有了。

我们总把行程充实而有意义等同于无意义的忙碌劳动，于是忙碌成了毁掉一个人最简单的方法、最充足的理由。

因为它让人无暇成长。

"我从未见过一个煤工，能够靠挖煤又快又好而当上煤矿老板。"王小波曾这样写道。

这个世界充满这样的谎言。

所以说忙碌从来不等于充实，就像有人自信地执着于考试成绩说自己高中三年别无所求一样，那些说自己的工作能给他们带来所有经验知识储备一样，都很荒诞。

获得知识的途径太过单一，进步的瓶颈就会变得越来越近。所以，那些沾沾自喜于忙碌充实的人们小心了，"杀手"已经开始忙碌着在温水煮青蛙了，什么？你还问我青蛙在哪里呀……

我宁愿相信这个谎言

肖沛妤

今天上课时，波波老师给我们看了杨小震同学的一篇文章《杀手忙碌》。文章的大概意思是：无限的没有意义的努力会毁掉一个人，努力就能够得到一切不过是个谎言。

虽然我也认为努力的用处并没有各种鸡汤夸耀得那么大，但努力，却是我们这些普通老百姓的唯一的出路。

与杨小震同学相反，我认为它非但不是阶层固化的遮羞布，反而是日益窄化的阶层上升的重要道路。

社会需要大量人才，因此学习和上名校是平民百姓保持生活稳定甚至更进一步的最优选择，天才和奇人永远是少数，如果不是"天选之子"，很少有人能够在商界、科技界和其他领域白手起家。

但是有一件事情是我们都可以做得到的，那就是努力。努力学习、努力工作，普通人为自己的基因延续做最大的贡献就是一点点进行原始的资本积累。

不要给子孙后代拖后腿，既然自己只是平凡

人，那就努力，让后代生活在更好的环境中，这样万一出了天才，才能最大限度地挖掘潜力。

也许我们都看到近四十年中国经济、社会不断发展的机遇中，许多人一夜成名、一夜暴富，但是我们没有看到他们背后努力钻研了多少。

也许我们看到了兴趣爱好可以使人身心愉悦，但是没有看到努力的人在社会竞争中又胜过了多少人。

当然，我也承认努力需要方法，人并非只是为努力而活着的机械体。

作为芸芸众生中的一员，如果想在世俗的眼光中活得够好，我总觉得除了努力实在想不到还有别的什么办法，如果仍然有人说努力也许只是个谎言，我还是宁愿相信这个谎言。

世间抑郁者几能得人慰

孙锦澜

抑郁者，恶疾发于内也。所谓病痛，无非劳损体肤，对症下药，假以时日，方可痊愈。然抑郁者发病于无形，循其本则不可名状也。世人皆有此态，或轻焉，或重焉，豁达乐观者自解心结，先前面色苦闷，此刻捧腹畅笑；然自卑者多郁结悲情于内，敏感于内，难以释然，久而久之，遂成病矣。

余自语文课时，瞥文章，内容大类关乎抑郁，霎时为之酸鼻。少顷，泪流而不自知，落于纸页之上，视之，随即悲泣不能自已，感慨万分。余曾深陷抑郁之泥潭不能自拔也，惶惶难以度日，神情木讷、眼神呆滞、头脑混胀、四肢无力、步履虚浮，嗜睡且无心做事。在校默默无语，目光阴暗，终日无丝毫欢愉可言，余唯觉世态炎凉，存活之艰胜于自裁之痛，若在世之登天难也。余厌自身，亦厌众人。某女，每每试毕，愤而大呼："砸也！砸也！吾可死矣！众卿勿拦！"而其成绩多排于前，此言乃常尔，无非发泄。然余闻之，字字锥心，皆为讥讽嘲笑，似尖刀戳刺、利斧劈砍，余多次几欲上前掐其颈，蓦然悔恨愧疚，则又自憎更甚，循环往复。

在家，常仰卧瘫于沙发之上，闭眼则眠，宁长睡不醒而睡时又多梦魇，睁眼则哭，哭声凄惨异常，父母皆忧然，几近绝望，焦虑而不知如何劝解，因其中痛楚无法言喻，蚀骨啮心不能及万分之一。至今，余忆此往事，必嗟叹，不时抹泪。

参天大树，合抱之木，路人皆夸其枝叶繁茂，殊不知入土之根业已千疮百孔。不解者皆被其表象所迷惑，无视其本，更有甚者，望其摇摇欲坠，竟以为乐，推之摇之，待其轰然倒地，则自觉无趣。时人言："吾抑郁也。"旁人多语："何为抑郁？只脆弱尔！旁人皆无恙，为何独遗一人自怨自艾？旁人何尝不如此，脆弱乎哀哉！"诸君切莫类此妄言！余万幸，得众人援助，不至堕入深渊万劫不复，尚得苟活于世，然世间抑郁者，几人能得他人宽慰？人多云："吾可感同身受。"呜呼，人皆有别，得共情者寥寥无几，无亲身之经历，真可感同身受耶？恐自作通达人情，实为夸耀，不亦颠乎！

善待抑郁症者

罗晶云

"愿这个世界每个人都能被温柔以待"。一句充满"心灵鸡汤"气息的话，是最令人心烦的话，也是最让人想落泪的渴求。

谁都希望自己能被世界温柔以待，但是可望而不可得，久而久之就变得冷漠、心凉。周国平说过"被人理解是幸运的"，所以对于有些人而言，不被理解却是不幸的。而那些"有些人"沦陷在自己的深渊，本就遍体鳞伤，心里抱着对世界那一点微不足道的希冀挣扎，却一次又一次地失望、绝望，甚至无力。

"爱了一个少年1574天，其中闹了27天，等了825天，现在连等待的希望都没有了。"

"我戴上面具，然后再也摘不下来了，这就是我初中的磕磕绊绊。"

"没吃晚饭加班到一点回家，整个人都是晕的，好希望现在有个人可以看穿我的内心，明白我的感受，不离不弃地陪伴我。"

"我经常连哭几个小时哭到手脚发麻，又有时候像没事人一样，我不想上课，不想见室友，我害怕学校，我好想休学。"

"我一生未做过坏事，为何这样？"

……　……

以上所有话都来自已去世的抑郁症者。明明这些话看起来就像是一个青春期少年的消极情绪、一个普通人对陪伴的渴求、一个普通人对世界的质问，可是这些人最后都因为抑郁症而自杀，离开了这个"令人绝望"的世界。

"为了挣脱束缚，一个男生在自己二十岁生日时为自己办葬礼"听起来有些不可思议，但这也是一个抑郁症者的作为。

"这不是闲得慌嘛。"

"整那么一出，能走出抑郁才怪。"

"装疯迷窍。"

"不吉利。"

"真会玩。"

……　……

在有些人眼里，这个男生的行为是"闲得慌"。可在有些人的眼里，这是一场救赎、一种仪式，所以这场"荒唐"的葬礼有五十余人参加，为他念悼词的、朗诵礼诗的、唱歌的都是他的同学，我认为，这群人的"荒唐"成全了、救赎了一个抑郁症者。这不是很好吗？

在抑郁症者里，有些人得到了救赎，也有些人得来的只是嘲笑和别人自认为的"矫情"。我们需要去了解他们，也要去理解他们。

抑郁症是什么？抑郁症不是矫情。

抑郁症，是快乐的缺失、思维的不断反刍、自卑等负面情绪造成的拖延，以及带来的疲惫感，使得自己变得"懒惰"，行动力缺乏，无法做任何事。

抑郁症，是"你们不经意地笑，也是插在他们心上的刀"，明明只是为了寻求一点慰藉，却是换来"视作幼稚和矫情"的一笑。只有自己知道自己有多么痛苦，痛苦是不会被感同身受的。

抑郁症，就是每天计算着时间，写下一封又一封的遗书，不知道自己能够撑多久。

"没人能叫醒一个装睡的人。"

抑郁症，最难的就是克服自己，最怕就是无知的人的轻视和打击。

希望有更多的人能够了解和理解抑郁症，还是那句老话，"愿世界每一个人都被温柔以待"。尽管这很难做到，但未来肯定会有更多人能够做到。

不会忘，忘不了

刘佳

　　这两年，模拟经营类的国产综艺节目层出不穷：《中餐厅》《亲爱的客栈》……但我对这些综艺节目并不感冒，这些引进或抄袭或模仿的节目，套路都一样：靠一些知名明星吸睛，没有内涵价值，剪辑一些娱乐性的片段博取眼球罢了。

　　相比之下，《忘不了餐厅》这个节目宛若一股清流。

　　这里，只有一群毫无名气、普普通通的爷爷奶奶。但他们有一个共同特点，都患有"阿尔兹海默症"，也就是我们常说的"老年痴呆症"。

　　这个综艺的主要内容，就是让这群爷爷奶奶们通过做餐厅服务员，与人交流，重新找到融入社会的感觉和方法。充分的实践锻炼将有利于他们病情的延缓，也能够让更多的人关注到认知障碍群体。

　　这就是《忘不了餐厅》的深层含义——他们不想遗忘，我们也希望他们不会忘记。

　　节目不卖惨不煽情，时刻传递正能量。但在欢声笑语中，有时候反而更戳人泪点。有一集节目中，奶奶教一位客人跳东北秧歌，送客时她还甜甜地说：

"以后有空多来找我玩哦。"可就在第二天早上，小女孩来向奶奶道别，奶奶却完全一脸茫然。她已经忘记昨天发生的事情了。

"奶奶的脑海里似乎有一块橡皮擦，一点点擦去了她的记忆。"试想，如果有一天，你最爱的亲人完全忘记了你，用纯粹看陌生人的眼光看着你。是多么令人心痛的画面。那在这种让人无措的情况下，你又会怎么做呢？我想，这便是该综艺想要传达的内涵价值。

首先，不论自己的至亲是否患病，我们对老人应有的态度都应重视。

忘不了餐厅里的每张餐桌上都放了一张卡片，上面写着：在中国，目前患有认知功能障碍的患者群体将近 5000 万，每十位老人中就有一位认知障碍患者，平均每天有超过 1000 位老人走失；而且，阿尔茨海默病的发病率正在越来越趋于年轻化。

但在如此严峻现状面前，有很多人却并不把此当成病症来对待，一句"人老了都会这样"就搪塞过去，任由老人的病情恶化。病情得不到控制，患病老人很快就会丧失生活自理能力。如何照顾老人，是摆在子女面前的一个重要问题。

在当下，养老是一个大问题。有些子女没有耐心，觉得老人无法照顾自己，又担心他做出荒唐事情，就索性把老人绑在椅子上，垫个纸尿裤，定时喂水喂饭，其实这种处理方式只会让情况更糟。缺乏锻炼的老人无论身体还是精神都会每况愈下，不仅无力反抗，更毫无尊严。不论如何，我们都应坚决反对"捆绑式养老"。

真正的照顾不是喂饭喂水。老人，也是需要被尊重的。他们是长辈，只不过年岁大了，记忆力变差了，眼睛看不清了，但这不意味着他们就是废人。他们失去了什么，我们应当帮他们找回来。通过锻炼和学习，让老人们恢复自理能力。

衰老，从来不是一个人的事情。在我们小的时候，他们是那么耐心、细致地呵护着我们成长；等他们老的时候，我们是否也能够有如此耐心，在他们最需要的时候，给予足够的关心和帮助？他们需要的不是一个护工，而是一份陪伴和支持。我们也该像他们从前牵着我们一样，牵着他们的手，一起走。

让他们的记忆能保留地久一点，再久一点。

因为，他们就算忘了全世界，也不想忘了你。

悲　秋

胡　佳

　　自古，秋就被赋予了伤别、叹时、思乡、怀人等令人多愁善感的字眼。萧瑟的秋景似乎更能戳中人们内心的脆弱。

　　秋风带着阵阵凉意吹过耳侧，而我却在思考着生命到底是怎样的脆弱。

　　9 月 11 日，中国评书表演大师单田芳先生永远离开了我们。

　　20 年前，《幸运 52》综艺节目开播，留着卷发的主持人李咏以其诙谐幽默的风格走进了大众的视野。20 年后，他结束了 17 个月的抗癌斗争，闭目去了另一个世界。

　　还未从李咏去世的消息回过神来，又惊闻金庸先生去世，享年 94 岁，一代华语文坛传奇泰斗就此谢幕。文学史上一颗巨星的陨落，人们怎能不悲？

　　继 11 月 2 日重庆万州公交车的司机与乘客激烈争执导致整车坠江事件后，11 月 3 日兰州南收费站多车相撞，已致 13 人死亡，30 余人受不同程度的伤，且事故系大货车失控所致。

　　…… ……

这一句句简单的报道却成了一个个鲜活的生命的终结。或许这些人都还没有计划好明天，都还不知道明天的自己又会有什么小的改变，却已经被恐怖的死神死死地扼住了喉咙，没有了翻身的机会。生命原来这么脆弱，可能只是一个瞬间，就已经是永远。

不知道这接二连三的悲凉是否与这萧瑟的秋有关系，只是觉得这个秋天，"另一个世界"未免也太贪婪了，向我们索取了一个又一个的生机，眼望着一张张彩色的照片被它双手一捂，便成了黑白。

"一切都是那么突如其来，我们却还没学会告别。"有时感觉生命就是那么一瞬，任何与你挂钩的东西都有可能与你的生命挂钩，而且你永远都不会知道明天和意外哪个先到。

好在人性是有温度的，自从公交车坠江事件发生后，多地的公交车已装上了驾驶室隔离门，防止司机在行驶过程中遭到胁迫。这样一来，很大程度地保证了司机的安全，也就保证了乘客的安全，能够减少乃至避免类似的事情发生。整个社会也是有温度的，在此事件发生后，也终于有人勇敢地站出来为司机发声了，在面对不讲理的坐过站的乘客也有人保护司机而出来声讨了。这大概是这个秋天最暖的一束阳光了吧。

愿这个秋不要再悲了，纷纷的落叶伴着飒飒的秋风就已足矣。

也不希望秋被贴上悲的标签，因为秋日里的暖阳，也可融化我的心窝。

唯有孤独才能治愈庸俗

何维霖

人为什么会庸俗呢？

曾看过一个答案：因为心里装满了琐碎。

比如在想别人怎么看待自己，担心自己下次能不能得到更好的，怎么样才会成功……心填满了太多欲望，便会变得琐碎。这样的心，自然变得庸俗。可是，比起获得外界的认同，自己的热爱才更值得追求，自己的声音更值得倾听。但很多时候，世界太过吵闹，我们总是听不见、看不清、理不明自己。

如哲学家叔本华所言："要么孤独，要么庸俗。"孤独，或许才是治愈庸俗的良药。

在孤独中，听见真心。

蒋勋年轻时，曾背着包，带着两件衬衫，一个人去旅行。

有些人会害怕一个人待着，更何况是一个人出门。但蒋勋却觉得，那是成长的必经之路。

因为在那些孤独的旅行中，他得以见过凌晨五点的火车站，看见流浪的人是如何生活；他看过家徒四壁的人，却能一开心就脱了衣服在水里唱歌跳舞。因为一个人唯有见过生活的万重模样，方知自己真正想要的生活是什么样子。

人心琐碎，当内心充斥太多欲望时，不过是因为我们不知道自己最想要的是什么，又能为此放弃掉什么。

"孤独，是思考的开始。"孤独，其实是让我们与自己相处，去试着听见自己的真心。

在孤独中，看见热爱。

木心年轻时，只是一名普通的美术老师。

有一年，他意识到："温暖、安定、丰富，于我的艺术有害，我不要，我要凄清、孤独、单调的生活。艺术是要有所牺牲的。"于是，他去莫干山上过了一个冬天。那里人烟稀少，连雪落下时都是静悄悄的。他清晨读书，夜晚写作。一个人阅读、一个人走路、一个人思索、一个人创作……在孤独中，他读着他喜欢的书，书写着想说的话。在短短的半年时间里，他便写出几本书稿。更重要的是，这份孤独让他在很多年以后，无论遭遇怎样的艰难，他从未忘记自己内心的渴望："我不想成为自己少年时最憎恶的那种人。"

内心庸俗时，容易会被他人的评价所左右。但当你在孤独中自处时，会发现那些看法根本没那么重要。孤独，是让天地之间唯有自己，再一步步看见自己真正的渴望与热爱。

在孤独中，理清人生。

一个旧书摊的摊主是位老人。他虽然在卖书，但是挨着墙打坐，看书，甚至入睡。无论身边街头人来人往，他岿然不动，亦不管顾客看中了什么书给了多少钱，孤独得仿佛像身处在另外一个世界。

这位老人，便是周梦蝶。他爱作诗，痴迷其中，有时候，这一首诗没有写完，另一首的题目已有了。而为了一首好诗，他能写40年。他说："我之所以还能写几首破诗，因为我感情不平静。"因为他这一生，可谓世事无常。漂泊到了台湾，与亲人天涯相隔，穷困中不得已才卖书维生。"我选择早睡早起早出早归。我选择冷粥、破砚、晴窗，忙人之所闲，而闲人之所忙。"

世事未能蹉跎心智，孤独却能磨砺才华。这份孤独，让他得以在并不如意的人生中寻找到一个美好的出口，将生命中遇到的那些忧愁与痛苦，化作一句句空灵的诗。

人总会想要完美，但人间事总有不如意。那就在孤独中，寻找力量，慢慢地理清人生。孤独，不过是让自己静一静心，不慌不忙，不怨不躁，去迎接这也无风雨无晴的人生。

所谓庸俗，不过是活在世人的眼光中，失去了自己、忘记了真正的渴望与热爱。

所谓孤独，是让我们与自己相处，听见真心、看见真我、理清人生。

唯有孤独，才能治愈庸俗。

宁静与喧嚣

郭丽旋

宁静的是心态，喧嚣的是生活。

宁静与喧嚣，像冰与火、冬与夏，看似永远处于对立面，其实不然。

先说宁静。光是念着这个词，就给人一种安心的感觉，这大概是它读音的魅力，不急不躁，韵律协调，像一杯白开水，虽然没有味道，但独有一份温和。生活中的宁静主要来自心态的宁静，当人能达到"清风皓月照禅心"的境界时，自然能够如陶渊明一样"结庐在人境，而无车马喧"。

诸葛亮说过："非淡泊无以明志，非宁静无以致远。"宁静的作用就显而易见了。细细看来，静者如斯，其中却还有一个"争"字，可见静不是逃避，亦不是退缩，而是蓄势待发，为了更远大的目标努力。姜太公在垂钓的宁静中等来周文王，后辅佐武王伐纣，最终灭商立周，流传千古；诸葛亮在躬耕的宁静中等来刘备的三顾茅庐，出山协助兴复汉室，重建汉业；百里奚在牧牛的宁静中等来秦穆公，主持秦国国政期间谋无不当，举必有功，为秦国最终一统中国奠定基础……静，表面似一潭死水，实则暗流涌动，这是一种更低调平和的处世方式。

再看喧嚣。何为喧嚣？这二字中以"口"居多，可见其代表的是一个何等热闹的世界，我更愿意将之称为生活。生活应是喧嚣的，因为它包容着生命，而生命永不静止。花开花落，柳枝抽芽，生命的每一场盛放和凋零，都是一种无声的"喧嚣"。战国时的百家争鸣，以"喧嚣"的方式迎来第一次思想大解放；欧洲的文艺复兴，以"喧嚣"的方式打破神学的垄断，第一次让科学站立了阵脚；俄国的十月革命，以"喧嚣"的方式建立了第一个社会主义国家。这种喧嚣，来自思想、来自信念，是源源不断的活力，可以推动社会文明的进步。所以人能够躲避喧嚣，但不能完全脱离喧嚣。

宁静与喧嚣是一朵两生花。在喧嚣的尘世间保持一颗宁静的心，可以让人身似菩提树，心如明镜台。心外无物，方能闲看庭前花开花落；一个人独自寂静时，更要保持思想上的喧嚣，才能不断思考，不断领悟，不至于在时代中落伍。

善于处理宁静与喧嚣的关系，生活就如鱼得水，心情便收放自如。正如余秋雨所说的，给喧嚣以宁静，可以使人生更加灵动。

万径人踪灭

刘佳

　　"我徒然学会了抗拒热闹，却还来不及透悟真正的冷清。"这，是一个人的成长，走向孤独的过程。在一瞬间，我突然安静下来，突然想明白了。

　　小时候，很害怕身边没有几个朋友，害怕一个人走在校园里，害怕一个人去吃饭。因为那个时候在意别人的目光和想法，也没有真正了解孤独和受欢迎的区别。随着年龄增长，想法增多，见多了身边人的离合悲欢，才发觉一个人也挺好。

　　上学期，班上有位同学很特别，他从不和同学打交道，不和男生聚团聊游戏，到学期末他都还没记清班上同学的名字。总是一个人待着，一个人很安静地待着，女生们聊八卦的聒噪声都无法撼动他的静。不论什么环境，哪怕是令人兴奋的体育节，他依然能在嘈杂声中背单词、写作业。他是孤独的一个人，孤独的在我们班成绩单上一直排着第一名。

　　那位看似孤独不爱讲话，但待人温和成绩优异的同学，却让很多同学想接近他，班上调整座位的时候，很多人都想和他做同桌。这时，我才明白，孤独和受欢迎是两回事。原来有时候，只要孤独地做好自己，不用靠拉拢人心，刻意吸引别人注意，就能使自己变成宠儿。

这让我想到了柳宗元笔下的"孤舟蓑笠翁，独钓寒江雪"，老渔翁的生活是如此清高，他的性格是如此孤傲。在寒冷寂静的环境，孤独的渔翁不怕大雪，忘掉一切，专心钓鱼，那种摆脱俗世种种，超然物外的清高孤傲，定格了千年，也让人迷恋了千年。如今在这个热闹的社会，有几人能如此呢？

陈奕迅《孤独患者》中有句歌词直戳人心：

> 我内心挫折，
> 活像个孤独患者自我拉扯。
> 外向的孤独患者，有何不可？

现在，我们大多数人成了所谓外向的孤独患者。这些人在日常生活中善于交际，有很好的人缘，看似外向，实则孤独。他们普遍内心情感很丰富，甚至多愁善感，但却不愿意表现出来，也不找人诉说。所以这类人自我感慨："我虽然外向，但还是孤独。"

其实，孤独一点没什么不好，心静下来了，才能把事情做好。心总是浮躁着，是不能成大事的。顾城曾说过：

> 我从没有被谁知道，所以也没有被谁忘记。
> 在别人的回忆中生活，并不是我的目的。

所以，我们没有必要无意义地假装活得很精彩，真实一些、孤独一些，这样在成长的路上或许才能走得更远。

那些不顾一切出发的人最孤单，但不顾一切出发才能更快到达心中所向的目的地。

所以，不要害怕孤独，因为，在路上，孤独的人总会相逢。

戒"精神鸦片"

杨晓怡

曾经有位网友做了这么一件事：他把 QQ 资料中的年龄改成了十二岁，系统推送的新闻画风就全变了。没有了博人眼球的明星娱乐八卦，而是关注生活本身的趣味。比如，分享有趣的剪纸，漂亮少见的蘑菇，还有一些天文奇观。

小孩子的世界，充满了对外界的好奇。而等到长大以后，我们就很难被这些"普通平淡"的事物吸引了。好像只要改个"年龄"，就能看到不一样的世界。

前段时间有篇吐槽大数据时代信息抓取的文章"火"了。文章说，很多 App 客户端有自己的算法，会根据我们的兴趣进行特别推送。如果你喜欢看家长里短，平台就会持续给你推送"婆媳""彩礼"这种婚嫁话题相关的内容；如果你喜欢看电子游戏，那你的主页里就全是各种游戏攻略、短视频教学。这样一来，我们接触到的信息面就越来越窄，总是沉浸在自己感兴趣的小小世界中。可是，我们应该反过来指责平台的算法吗？

网站为了提高被阅读的效率，自然会倾向于推送更容易吸引我们注意力的内容。各大新闻网站的小编们，为了阅读量，也只能努力撰写博眼球的新闻标题，千方百计地取出没有美感但能吸引你注意力的"震惊""毁掉"类的题目。

许多社会学家都认为，媒介的变化会带来思想结构、认知能力的变化。但是变化的方向，取决于我们自己。比起指责短视频网站让我们"堕落"，信息流客户端让我们"变傻"，我们更应该反思的是：为什么自己总是选择去关注这些让我们堕落、让我们变傻的内容呢？

事实上，并不是我们被操控，被迫接受了这些信息流，而是我们的注意力，主动选择了这些内容。

拿艺术电影来说，前不久入围了多伦多电影节的《过春天》，在各大影院排片量一片惨淡。即使身处省会城市，也要跨越大半个城市在特定影院冷门时间档才能看到此片。在柏林电影节上罕见拿了两个大奖的《地久天长》，上映十二天了，票房也才四千万，而同时期豆瓣评分不及格的情爱电影《比悲伤更悲伤的故事》，票房却有九个亿。

在电影行业，有个说法："拍恐怖片，就是闷声发大财。"也许你会说，"只是想先看看休闲不费脑的片，等到以后会看有价值的电影的"。可是，等我们想要认真去欣赏的时候，很多优秀的作品已经被市场无情地淘汰了。

我们不能责怪市场。现在的景象，其实全都是我们主动去选择的。

"舒适感本身是一个危险的信号"，我们却往往意识不到。那些简单、低价值的事物，像鸦片一样，让我们成瘾。别人跑十公里产生的多巴胺，我看娱乐八卦就能轻松获得。别人在辛苦地走"上坡路"获得的成就感，不如我在放学时打上几局游戏来得容易。

"凡成瘾者，皆大同小异。"我们不是指责选择轻松模式去生活的人。我们只是不希望，当后悔之时，发现已经没有戒掉"精神鸦片"的能力了。

所以，我们要警惕那些让我们舒适又无意义的"精神鸦片"，把时间多花在有意义的事上。

我就想看看她会不会流产

何维霖

最近有一则新闻："孕妇被熊孩子猛推，熊孩子称'我就想看看她会不会流产'。"

熊孩子在被责问时还满不在乎地说："我看电视里孕妇摔倒了会流产，我就看看她会不会流产。"

随后他的小姑当场暴揍了他一顿。

这一新闻一经发布就引发各界人士的争议，对此，不少网友表示支持小姑，但还有一些其他的声音，比如说"他还是个孩子不懂事，不该责怪"等言论。

小孩子顽皮可以理解，但是伤害他人而寻找快乐，甚至威胁到了别人生命安全，就很可怕了。

熊孩子不是生来就想伤害别人，所以可以说是家庭教育造就了他们的可怕。

熊孩子不懂事而肆无忌惮，有些大人在孩子犯错后并不是教育批评，而是为他们找各种理由开脱，殊不知这不仅仅是为小孩犯错开脱，更是为日后更可怕的恶果开脱。

盲目对孩子宽容，会给了孩子一个错误的信息：无论孩子做错了什么，大家总会原谅。

长此以往，大人在放纵孩子犯错的道路上就越走越远，久而久之，孩子就会认为自己做的一切都是不会出太大事的，进而做出伤人害己的事。

　　孩子其实就是一张白纸，大人如何教育，孩子就会如何发展，大人不光要告诉小孩做什么事好，更要告诉他什么不能做，并告知做了不能做的会有怎样的后果，并要有惩戒。

　　切勿以恶小而纵容之，大人在孩子是一张白纸的时候，没有一个良好的教育引导，没有在犯错误时候及时教育他们，不能以"他还是个孩子"来当作借口，总说请求大家包容原谅。

　　那么总有一天害了别人，也一定会害了自己，代价一定昂贵。

不要再当旁观者

刘聪慧

这个假期我看了一本有关校园霸凌的小说。主人公自卑、懦弱，理所当然成了班上几个男生欺负的对象，后来发展成了整个班的霸凌对象。班上的人以欺负他为荣，每欺负他一次"往他椅子上泼墨、拆他椅子、撕他的试卷、打他等"都能积分，到了后面，积分最少的人就要去参加校运会的 3000 米比赛。大家都在积极地欺负他，可又有几人是真的为了不想参加 3000 米才欺负他呢？

人都有从众心理。在小说中，如果你不从众，你就会被他们默认成被霸凌者一样的地位，也开始欺负你。你为被霸凌者说一句话，就会被当成圣母，一堆人过来嘲笑你可怜的同情心。叛逆期的少年才不会想那么多，只要立场跟他不一样，那就是一个不正常的人，就应该被欺负。

旁观者也不无辜，他们默许了这些事的发生，看到了也不会告诉老师，任由事情慢慢发酵，只希望事情不要发酵到自己身上。

可即使告诉老师又有什么用呢。小说中的几个老师在得知班上某男把主人公从楼梯上推倒在楼梯间，也只是解释这只是一场小孩子之间的玩笑罢了，可能某男只是不小心碰到了他而已。主人公唯一的朋友听到这话震惊了，震惊于老师居然对这件事的态度如此无所谓。他多次在老师面前强调"这是犯罪"，但教导主任只是狠狠地呵斥他，叫他不要多讲话。

后来该班新换了一个班主任，这个班主任刚刚毕业没多久，对工作充满了热情，得知班上的人都在霸凌主人公，非常愤怒地把他们叫来一个一个谈话和教育，还一直在安慰主人公。然后呢，班上的人对新班主任的教育十分不耐烦，随便点头"嗯嗯啊啊"糊弄过去。新班主任看在眼里，感到十分无力。跟办公室的同事谈起这事，同事们都说："别人总说校园霸凌是因为老师不作为，家长不作为，学校不作为。但是他们总应该想想，就算作为老师的我们作为了，对学生有效吗？现在的学生哪里是老师讲什么就听什么，他们肚子的花花肠子多着呢。现在受欺负的学生，放到社会里去，那也是被欺负的多，因为每个环境都有这种恃强凌弱的氛围。""退一万步讲，就算我们的作为有效，但是花下去的时间精力够本吗？值得吗？现在说是要品德教育，但是说到底还不是看成绩？"到了最后，新来的老师也不想作为了，因为觉得这种作为没有用。后来，当初这个想要有所作为的新班主任，被全班同学从看台推倒在了跑道上，也进了医院。

小说自然是进行了夸张处理的，可现实中，确实存在这样的现象，就是有那么恶的人在校园里、社会上霸凌那些看似软弱、好欺负的人，以此来满足自己的丑陋的欲望。

恳求大家，不要再做旁观者，也别再无所作为。让我们少一些默许，多一点行动。不让我们身边的人在阴影中长大。

我所热爱的痛苦

邱欣仪

上周，陶老师给我们分享了一篇文章。那篇文章主要强调痛苦的价值，将痛苦上升为一种天赋，最后得出结论：我们应该选择做一个痛苦的人，而不是做一只快乐的猪，听到这句话的时候，台下的同学都笑了，这里面的少有些滑稽和戏谑的味道。

而我听到这句话的第一反应是太荒谬了，但从这句话来说，真有快乐和痛苦的选择摆在我们的面前，若非受虐狂谁会选择后者呢？

可我们很容易忽略一件事，那就是快乐和痛苦总是相伴而行的，就似硬币的正反两面，快乐的面积越大，痛苦也会越大，反之亦然。

辩证发展观告诉我们，事物的发展是前进性和曲折性统一的，迁移到生活中便是人生是快乐和痛苦的辩证统一。

快乐是我们的愿景，我们自然会伸手紧紧拥抱，那痛苦该如何对待呢？

记住痛苦，因为它会保护我们。世界上有一种孩子，他们先天性患有痛觉缺失，因此他们可以冒险将手指伸进开水里，而感觉不到痛觉，可以肆无忌惮地做正常孩子不敢做的事情，但他们并没有因为感觉不到身体的痛苦，而变成刀枪不入的超人，相反他们的内心痛苦却胜过大多数人。

研究表明这样的孩子活不过成年，很大部分原因是因为他们无法评估和规避风险。俗语说，吃一堑长一智，在人生漫漫的长河中，我们每个人都是摸着石头过河的，痛苦在以另一种方式告诫我们哪里是泥沼。

记住痛苦，不代表可以完全规避痛苦，而有些痛苦会使我们成为更完整的人，它成了我们身上不可或缺的一部分。艾米·穆斯林出生时被发现腓骨缺失，这对任何人来说无疑都是一个巨大的痛苦，但她不仅凭着强大的意志创造了诸多医学奇迹，并且在突破自身可能性的道路上永不停息。在秀场上她是自信优雅的超模；在田径场上她是身手矫健的运动员；在 Ted 舞台上她是励志乐观的演讲者，她无数次刷新了人们对传奇的刻板印象。

有人问她是如何克服上天给予她痛苦的，她直言不喜欢这种问题，因为在她看来，那些痛苦不是用来克服的，而是需要和我们的身体内心和解的。痛苦本身就是生活的一部分。

除了疾病等不可抗力因素外，还有一种痛苦叫作求而不得的痛苦。苏格拉底穷尽一生追求智慧，却发现自己一无所知，在对知识的追求过程中，我们会发现总有力不能行的时候，哲学家智慧的终极边界，求而不得，科学家对真理的终极问题求而不得，他们痛苦吗？这是必然的。他们快乐了吗？那是毫无疑问的。

正如张青云所说："那曾经是我痛苦的一切，也是我最热爱的一切。"

夜幕下群星闪耀

我曾有故事

罗智琳

李白的轻舟悠然地在水上荡漾，李清照的黄花在原野凄清孤绽，汪国真的滚滚春雷在天边涌起，十里的春风中冯唐的眼眸里倒映着谁的影子……

璀璨又寂然的烟火里，王小明抓住安妮的肩膀，歇斯底里地喊道："请拜托你，能不能，能不能把时间都留给我。"这句不算浪漫，却让我泪水盈了眼眶，虽未落下，但有份心悸；《日全食》中，相里浅笑着柔声诉说："比起日全食，我更喜欢每天的太阳。"我似乎看见了相里眼睛里的那片海，闪亮地，泛起了泪光，温柔地似要把人卷入；汤姆叔叔被心狠手辣的监工殴打时，我也感受到了胸腔里燃起的火焰。

字里行间中，流转的情愫总会拨响你内心的那根弦。它并不柔软虚幻，而是结实有力地真实地触动着一颗心。

为什么要写作呢？因为文字是情感的寄托。我一直笃信着这些故事都是真的，因为它们承载的是笔者的心绪。散文也好，小说也罢，文章里或多少有着笔者自己的影子，因为这是他们笔下的文字，是他们自己内心的折射。不敢直白地向人诉说自己的故事，文字变成了最好的归宿，文字构建起的是另一个世界，没有尘世的纷扰，没有市井的喧嚣，是一方永恒的净土。

我认为在孤独的时候，在写作的存在更显必要。那种内心挥之不去的阴霾，只得用文字方能使之退散。碳素墨水湮浸在纸上的时候，所有的一切，像一汪潭水，涟漪泛开后又归于平静。我一直相信，在文字里平静下来是湖蓝色的体验，很透很清，宛如从角落里传来悠悠琴音。不止于湖蓝，不一样的文字，有不同的色彩，抽象的空间，让那隐于文字的沉甸甸的情愫愈发真实，让人卸下繁重的保护层，包裹人们那一颗依旧真实跳动却日渐冷漠的心。

写作的目的更是因为怀恋。我曾想，如果未来再重温如今写下的文字，我是否能在彷徨迷茫日渐世故中找回初心；我是否会从磨得冷漠坚硬的保护层中挣脱，变回如今，期盼抓住梦的尾巴的我；我是否会告诉自己，你应该做那个爱幻想无理由乐天的罗某。

我不知道。

但我知道，我曾有故事，我曾为何样，我曾为何人。

若有幸，我的文字得到人们的阅读，会不会有人知道我是一个有故事的人。我爱幻想，我钟情于文字。

我憧憬着。

此生有文字相伴，幸哉，幸哉。

夜幕中的他们

张　懿

　　随着夜幕降临，安托山的天空，也在一点一点变得暗淡，生活区、教学区相继亮起了灯，继续点亮着书香世界。在没有电灯的时候，只有摇曳的红烛和清冷的月光，我们的先人他们在做什么呢？

　　有两位宋朝诗人写夜深人静时的所见所感，一位是苏轼，元丰三年因乌台诗案，他被贬去黄州，在定慧院的某一个夜晚，他写下了一首《海棠》：

　　东风袅袅泛崇光，香雾空蒙月转廊。
　　只恐夜深花睡去，故烧高烛照红妆。

　　苏轼并没有因为贬谪而消沉下去，他在杭州依然热爱生活，在春风吹拂的夜晚，看着转塘的雾气，内心牵挂着海棠花，像个孩童一样固执而任性的燃亮烛火，尽赏红妆，他害怕海棠花会睡去，像害怕珍宝遗失一般，痴情的他眼里只有这一株海棠，一株无人来赏的海棠。

　　那一夜，命运多舛的老人，是否找来了多年的平静，借着夜色的遮掩，痛快的释放内心的情感。

另一位算是苏轼的对头王安石，他在翰林院值夜班时，也写下了一首《春夜》：

> 金炉香尽漏声残，剪剪轻风阵阵寒。
> 春色恼人眠不得，月移花影上栏杆。

同样是写春意，官场得意的王安石写的诗，明显有一种得意之情，在早春的夜晚，小寒微侵，诗人在工作之余走出屋子，感受到春天的气息，月的清音和花的芬芳让诗人深深地陶醉。那一夜，春风得意的诗人在美好的春色中轻嗅着春的气息，他一定对未来的生活充满着期待和信心。再把视线向前看，唐朝诗人韦应物的夜晚生活，又是另一番模样，一首《秋夜寄邱员外》，让我心里蓦地一动：

> 怀君属秋夜，散步咏凉天。
> 山空松子落，幽人应未眠。

我亲爱的好友啊，我在这秋天的夜晚怀念你，怀念我们一起唱和的时光，现在只有我一个人在散步，听着空旷的山间的声音，想着你应该还未入睡吧。友人寄邱员外，隐居临平山，两人都有唱和，韦应物在月夜里看着月光，抒发着对友人的最真挚的感情。

夜晚总是这样，勾起人心底的孤寂，那种知音难觅的苦闷，总是在此时最为强烈。我很喜欢韦应物的这首诗，为他始终三分忧愁、三分思念、三分孤清和一份执念，也很羡慕他的好友，被朋友如此牵挂思念，不知秋夜的凉风，是否将他的情感捎给他的朋友，举头点点星光，都像在诉说他的心绪。

在没有电的时代，在思考不易打断的时代，那些文人在黑暗中，与自己对话，与世界对话，这种宁静，在今天似乎是种奢望。

一剪月光、一缕清风、一袭清幽，已悄然离去，我们，还有什么呢？

周萍的悲剧

夏琦临

　　课本中戏剧单元的学习，我们会以表演形式来研究。今天第一个登上舞台的剧组就是由何子灵、陈谷丰、陈霖菲等组成的《雷雨》剧组，由于准备的时间仓促，表演中的许多地方可能都不尽如人意。但不能否认是，每一位参演的同学认真的态度和表演中一处处闪光点，其中几位主演的精彩表现尤其突出，特别是陈霖菲和陈谷丰两位同学的表演，他们的演绎不仅十分流畅还将观众全部带入到剧本中，让我们体会到了周萍和四凤之间的感情。

　　周萍是周家的大少爷，是周朴园寄深厚望的长子，他从小就承受了比周冲更大的压力，母亲也不在他身边陪伴他成长。周萍的形象是软弱的，他对周朴园的逆来顺受，对繁漪感情的逃避，面对四凤请求时的犹豫不决，都在展现他是一个优柔寡断的人。周萍的人生是戏剧性的，悲剧的，他自小没有母亲，母爱的确是他渴望的，他爱上了年轻的继母繁漪，然后又因为内心煎熬，以及道德上的悖逆，而选择放弃这段感情。与继母私通这件事，在周萍看来是他人生最大的污点。因此，周萍要抛下繁漪，转向天真淳朴的四凤。他以为他能从罔顾人伦的深渊中爬了上来，却不知他犯下的是更为深重的罪孽，阴差阳错的人生，让周萍实实在在地背负乱伦的罪名。鲁四凤是周萍同母的妹妹，而他们却偏偏互生情意，甚至有了孩子，这大概是周萍最终崩溃，饮弹自尽的原因。

周萍之死是逃避而死，他逃避繁漪对他那热烈偏执的感情，逃避自己想方设法保持的道德的高尚，却陷入背德的现实，逃避个人身世和隐秘被揭发后的混乱，逃避四凤的死带来的无尽的悲痛。但周萍的悲剧不是他一个人的悲剧，而是一个畸形社会的悲剧。

文学构筑世界

郭丽旋

想象这些场景：街上找不到任何书店、报摊；人们交流完全靠手势；打开电视机，没有新闻频道，也没有电影电视剧，你高谈阔论诗歌戏剧，结果所有人都看怪物似的看着你……这是一个没有文学的世界。当文学消失，人的精神文明就消失了，世界就只是一具装着空壳的空壳。

文学是语言文字，是思想感情，是构筑世界的基石。

文学使古今世界相通。千年前的世界，千年前的人，谁亲眼见过？多亏有了文学，才为我们打开了回望历史的窗口。司马迁写了《史记》，于是我们知道了，曾经有个汉代的史官跑遍大江南北探寻前人的足迹；李白、杜甫等大诗人留下了不朽的诗作，让我们看到了华夏大地的雄伟山河，也让我们触摸到王朝更替、百姓生活疾苦留下的伤痕；四大名著等作品又向我们展现了古代文化的繁荣昌盛以及社会生活、个人情感……文学像一座桥梁连接着古今世界，让人们能够走过去看一看；它又将把现在与未来连接起来，让未来的人们可以走过来瞧一瞧。

文学使灵魂得以栖息。经常说，读一本书就是在与作者对话，因为一本书，就是一个人的灵魂栖息地。人的生命终有归于尘土的一天，但灵魂可以随文字永远鲜活着。有时候，我们读一些文学作品，总会与作者产生某种共鸣，会觉得自己离作者很近，那是因为我们的灵魂正与作者的灵魂促膝长谈，被尘世束缚了太久的心，在那一刻找到了落脚的地方。

文学使生活变得灵动。文学是生活的一面镜子，它同样上演着悲欢离合的剧情，我们可以从中找到许多与我们生活相似的地方。疲惫的时候坐下来读一本小说或几篇散文，我们的心就会变得轻松；难过的时候看几个有趣的故事，我们的心就会变得愉悦；烦躁的时候听一听歌曲，我们的心就会变得宁静……这就是文学抚慰生活的力量。

一切物质都只是浮在表面，唯有文学不可或缺；一切物质都有可能陨灭，唯有文学细水长流。文学是整个世界构成的基石，我们站在上面，俯瞰过去，仰望未来。

香薰和凿子

陈诗怡

文学像是一口深不见底的井，不同年龄、不同见识的人取出来的水，甘甜、苦涩味道不一。

这么想的话，我认为文学可喻为两种事物：香薰和凿子。

文学是一种香薰，熏陶出我们的气质和品位。

现代社会，每一个人审视的目光都很尖锐，读没读过书，从整体气质上便能判断出来。没受过书本熏陶的人气质难免粗鄙，而能读书能品味文学的人身上往往能自然地流露出不凡的气质和修养，这便是文学对一个人品位的培养。

华夏大地幅员辽阔，孕育出像鲁迅、胡适那样的文豪，但也不乏一众低俗作家，这便是品位的差异。品位高雅的人所写的格调也自然高雅，而钟情于阅读它们的人，品位自然也不差，老一辈常说的"书卷气"，指的就是这种受中外名著熏陶而成的文学气息吧！

文学又是一把凿子，它可以凿出我们思想的深度。

文学对于每个人，特别是作为学生的我们，很重要的一个意义就是迸发思维火花，洞见理性精髓。不品味文学便不能从中增长见识、汲取道理，和没有读书没有区别。就像散文《白云娘》中酷爱阅读的老太太，是文学拓深了她的思想，使她成了那个令作者尊敬的人。

文学在生活中无处不在，最重要的载体便是书籍。文学背后的意义太深、太广，需要反复体会、反复咀嚼，所以说提升阅读质量并"咬文嚼字"，方能悟得文学之美。

科学的导航，哲学的路标，生活的诗

邱欣怡

还记得上礼拜，我们学校的红岭电视台制作了一个关于文理分科的特辑，记者分别采访了一个文科生和一个理科生——看到这只手表，你想到了什么？

文科生是我们班的吴蓝茵同学，她极富感情地答道："这只表，象征着时间的流逝……"然后她感性地回顾了高一上学期经历过的点点滴滴。

然而那位理科生的回答是："呃，这只表的表面玻璃的主要成分是二氧化硅……"他理性地，有条理地将这只表的构造、工作原理，结合着物理、化学的知识阐述出来，也很让人佩服。

文科和理科的关系有点类似于文学和科学的关系。有人提出过这样的观点："没有文学的世界是可怕的，没有文学的科学更是可怕的。"真正伟大的科学家往往也有着一颗有趣的灵魂。他们的科学不死板，不木讷，更不功利。在央视演讲类综艺节目《开讲了》当中，北京大学生命科学系教授和北京大学才子主持人撒贝宁相互"调侃"。教授的演讲，让很多人一改从前对科学家严肃刻板的印象，他朴实而富有哲理的话，尽显了一位科学家基本的人文素养和文学修养。

又如刚刚仙逝的英国物理学家霍金先生，他在向大众阐述他的科学理论的时候，不是罗列出一堆晦涩的专业术语，而是用一种幽默生动的方式展论。不难看出，他的人格魅力一定程度上受到了文学的熏陶。

文学不仅使科学变得更有趣灵动，它对哲学也同样有看潜移默化的影响。

比起科学，哲学似乎更加接近于文学的领域。我对哲学的了解是从周国平先生开始的。我喜欢周先生阐述的哲学，因为从他的文章中，我不仅看到了理性的解读，更看到了感性的认知。他的哲学并没有一套完美的体系，且他本人十分排斥传统的那种体系化太严重的哲学思想。他曾在他的书中提到过，"我厌弃空洞丑陋的哲学教条，如果说我学了这么多年哲学而仍未被哲学败坏，则应当感谢文学"。

周国平先生是热衷于哲学的，他曾是北京大学哲学系的高才生，将哲学誉为"凌驾于一切学科"的学科。然而他一直强调着文学之于他的哲学的重要性。称他在哲学上的趣味是受文学的熏陶而形成的。文学与人生有不解之缘，看重人的命运。个性和主观心境，而这些，正是周先生希望在哲学这片汪洋大海中探寻的方向。

然而，文学并非文人、学者、科学家、哲学家们的专属物。它可以属于每一个热爱生活的人——不论年龄性别、贫富贵贱、只问心灵的深浅。

热爱文学的人总是善于从生活中发现美，善于从衰败凋零之中发现美的希望，热爱文学的人总是对生活、对生命抱有崇高的敬畏之心，因此，他们总能在暗夜中找到那一点荧光，在沙漠中找到那一眼甘泉；总能在曲折中看到前进、在平淡中看到诗意。

文学，是科学的导航，不会让它朝着功利、极端化方向发展。

文学，是哲学的路标，不会让它禁锢于固化的教条和体系里。

文学，是生活的诗，让生活变得更加丰富多彩。

文学温柔如水

马佳玲

　　"文学不是励志的名言，文学不是非黑即白的答案，文学是对生命现象的真实理解、包容。"这是蒋勋在《蒋勋说红楼梦》中提到的。也就是说，文学不止一种表现形式，不是死板固定的，可以承载包纳生命万物，而这些都让我觉得文学就是水。

　　文学难以定义，因为它如水般在生活中处处都在。如果有人嫌它们太粗俗，那我们大可以用老舍先生等大家的作品来反驳。那些方言、那些对话，让当地文化的特色扑面而来地展示在读者面前，将作品中人物的性格展现得淋漓尽致。更何况文学本身就来源于生活。

　　如果有人嫌它们太简短，那我们也可以把话说长一点，编一个故事。或者一个人把自己讲的每一句话记下来，出一本书也是饶有趣味的。毕竟人一生总能吐出几句不凡的话，经历一些不凡，只是我们没有意识到而已。

　　文学如水，可以在生活中被我们利用，可以在天上成为云被我们仰望，可以是我们体内的一部分，与我们相伴终生，并且至关重要。

文学不像是公式和数据，能被用来推断出客观存在的答案和真理，它是一种能流露出主观色彩的创造。它就像水一样能有多种形状和姿态，只要被作家创造，文学便可以描述任何景象。

贾平凹可以不用"风雨"中的任何一个字将一场风雨描写的生动具体；鲁迅可以心平气和地塑造几个祥林嫂这样的人物，便将当时的社会讽刺得一览无遗。文学不同于公式计算的有规矩可循，它有多种写作方式却要靠自己去选择。同样的情感却有真实动人和假惺惺的区别。华丽的句子不一定自然，简短的句子可能反而打动人心。文学如水流动般灵动，能在各种形态中自由转换，没有固定的姿态和形状，能"利万物"。

水汇聚成海，而文学也如水一般有海纳百川的胸怀。海洋里有一个浩瀚而充满未知的世界，而文学所勾勒的世界又何止是一个。我们可以跟随《三国演义》《水浒传》《红楼梦》回到汉朝、宋朝、清朝，又可以跟随《呐喊》《彷徨》看尽当时社会的腐败凋朽。

《百年孤独》中马孔多小镇布恩迪亚家族的结局折射出南美洲的社会现实，《三体》等科幻小说给予我们想象力的空间。

阿基米德说过"如果给我一个支点，我就可以翘起地球"，可是这只是"如果"，事实上并没有这样一个支点。但在文学的领域里，只要给我一支笔，我便可以构建一个比地球更广阔的环境。

文学包容，它可以用小说虚构的情节反映社会真实的状况，又可以通过散文具体的事物表达抽象的感情和道理。

文学如水，像海洋般浩瀚。海洋容纳的是万千生物，文学容纳下的是"对生命现象的真实理解和包容"。

文学温柔如水、纯净如水、宁静如水、丰富如水。文学就如水像一面镜子一样，能照出灵魂、思想、社会、天地，更重要的是能帮我们看清自己。

从文字间走出的美人

孙锦澜

美作为真与善的同类，总是为古今中外艺术所共同追求。希腊神话故事中三个女神抢夺金苹果，也是爱与美的女神胜利。美丽可以通过人这一天生灵物恰到好处地反映出来。所以自古不管是月色下颔首沉吟的诗人，还是书简旁挥毫笔墨的学者，总会精心琢磨如何描绘出心目中至美的人。

如果往前追溯，最早的诗歌总集——《诗经》中描写美女的语段不胜枚举，有趣的是，很多美女都蒙上一层面纱，"所谓伊人，在水一方"。婉约的女子站在对岸，可望而不可即也，这种距离感一下子增添了神秘色彩；"汉有游女，不可求思。"活泼的女子在河边游玩，想要追求只是徒劳，为什么追求不了？"汉之广矣，不可泳思。江之永矣，不可方思（又是一条大河波浪宽阻挠了）。""出其东门，有女如云，虽则如云，匪我思存。"一群女子中间，我只想着她，"她"是谁？"缟衣綦巾，聊乐我员。"我只能在脑海里浮现她可爱的模样。这里对美女并未有太多正面描写，包括"婉约""活泼"和"可爱"都只是我的主观感受，主要是通过旁人（大多是追求者）的抒情感慨体现出她们的美。这样写有两点好处：一是给读者留下了想象空间，每个人的审美观不同，如果把评判美丑的规矩框死了，揭开那层朦胧的面纱，反而显得没那么灵动，最好就是自行想象，要多美有多美，广大单身男性同胞随意意淫，不会受到任何指责。第二就是《诗经》中多歌颂美好的爱情，这种爱情不是指个别的，而是广泛存在于情窦初开的少男少女们之间，因此，你在追求女孩时适当套用里面的话，也无引用不妥之嫌，假如一个女孩收到一句类似的话，可能会默默地想："这是在说我美吗？说不定他看上我了呢……"刚好适用于古人含蓄委婉的表达方式。

但《诗经》中也不乏具象化的句子："手如柔荑，肤如凝脂，颈如蝤蛴，齿如瓠犀，螓首蛾眉，巧笑倩兮，美目盼兮。"这里运用了"比"的手法，具体刻画了美人的特征。

如果说《诗经》中的美人仅停留在谈情说爱层面，那么《楚辞》里的美人就多了些象征意义。"惟草木之零落兮，恐美人之迟暮。""众女嫉余之蛾眉兮，谣诼谓余以善淫。"屈原不是在写一个弃妇哭诉，而是抒发急于效忠朝廷的迫切心情和对国家前途命运的堪忧。结合"三纲五常"中的"君为臣纲""夫为妻纲"，屈原巧妙地将二者对等，以一种隐晦的方式呈现了自己身为臣子与君王间的关系，开创了象征忠君爱国的"香草美人"，将外在而世俗化的美，提升到更高层次的精神境界。后世也经常沿用，比如曹植的《洛神赋》："翩若惊鸿、婉若游龙……"用极其华丽的文笔突显了洛水女神宓妃的美丽，以及自己对她的思慕，虽然其主旨存在颇多争议，但其中一种说法就是"君王论"，隐约透露了自己才华无处施展的惆怅悲哀。

再往后推，李白《南都行》中用法又有点不一样："丽华秀玉色，汉女娇朱颜。"无非是夸南阳这个地方盛产美女，实际想说的是："谁识卧龙客，长吟愁鬓斑。"抒发着内心怀才不遇的愁苦。这里的直接对象已不再是"美人"，美人只不过是一种铺垫工具。类似的还有司马相如的《美人赋》，通过自己经受住美人的诱惑来衬托自己高洁的品质，因当时作者受到诽谤排挤，被怀疑人格，那么文中的美人有多美，自己品德就有多高尚。

　　每个人心中都有不同的美人，每个美人都有不同的寓意。她们于古卷中沉睡，听到人们呼唤才渐渐苏醒，从文字间走出，或巧笑倩兮，或美目流盼，让人心神驰往。她们的形象都展示了中国古代意象艺术的丰富内涵，反映了人们对于美的追求与向往。

让角色自己做出选择

桂睿培

在读"林教头风雪山神庙"时，我感觉林冲从"不愿造反"到"逼上梁山"这一变化过程十分有意思。课上老师给我们分析出的各种细节和情节使我有些"细思恐极"，从而我在想，究竟如何把情节安排地妥当才能使人物生动起来。

我记得老师曾说过，当作者写到这个角色可以自己做出选择的时候，是最舒服的。

换句话说当作者把一件事放在自己的角色面前，角色能选出一条最能体现他性格的路，就说明作者把这个角色塑造成功了。

我在写我的小说时，思考的最多的是我的情节安排，当这件事来的时候，我的主人公以她"胆小，害羞"的性格会做什么，就比如当她目睹一场校园暴力时，她究竟是原地不动，还是立马逃跑？因为她是很纠结的人，她一方面想帮别人，一方面自己又不知道怎么去帮，跑走良心过不去，可自己也不知道怎么办。我从这个心理想，就写成她是到了最后一刻才跑走了。

我是通过人物性格来去揣测她会干什么，而林冲这一章明显也有很多情节和细节看出来作者是通过林冲的性格来决定的。

这一章很明显作者要把林冲从安分守己逼到造反，跟我要把我的主人公陈言从胆小沉默逼成仗义执言有点相似。那么作者该怎么安排情节转变呢？

林冲因为风大雪大，走出去买酒喝，走前把火什么都灭了，说明他心细谨慎，也是因此让草场的失火显得是别人故意所为。

当林冲进了古庙后，他又用一块大石头堵上了门，如果是像鲁智深那样的人可能随便猫一个角落就睡了，甚至就在草场里待着，或者在卖酒的那里再多待一会儿。所以从他谨慎细心的性格来安排这些细节，使人物的举动看起来非常合理。

同样的，在写到后面，林冲听见了三个放火要害死他的人说的话，怒火中烧，三个要夺他命的人正在门外洋洋得意，怎叫人不愤怒？况且林冲之前已经一忍再忍，这次关乎他性命，是真的不能再忍了，所以林冲要出去杀了他们。

但是这是在我们知道情节的情况下的推理，我们要是不知道，就慢慢跟着剧情走，就会发现，其实就在这个时候，也不一定能猜到林冲到底要不要杀他们。

因为他只是"轻轻把石头掇开"，还大喝一声："泼贼哪里去！"我们再对比李逵，人家可能二话不说直接干，这会儿已经杀了一两个了。

并且在后面打的时候，看林冲是非常"冷静"地在杀人，他一边说话一边杀人，意思就是"不是我要杀，是你们逼我的"，老师说从这儿能看出林冲实在是太可怕了，克制得可怕。

我觉得，可能到这会儿林冲在意的不是他的性命差点没了，而是他本身其实早就动了杀意。但无奈家庭关系等让他暂时忍耐，后来发现真的回不去他想安分过的生活了，所以他杀了人，其实是在和过去做一个了断。

正如前面所说，林冲要从安分守己变到不得不去造反，那就要在情节上一步步把他的想回到过去的希望全部断掉。

那么我也在想，怎么样才能把我的主人公逼到"发声"，两次别人的跳楼，实际上是在刺激主人公，让她知道如果她能鼓起勇气发出自己的声音，那么别人可能就会多一分活下来的可能。

写完这篇文章我也在想，如果遇到校园霸凌，换作我我会怎么做，然后我悲哀地发现可能我会和陈言纠结不已，但是我又会选择去求助别人，如果是这样的话，那又多了一种结局的可能。从这一点看，创作小说真的是件很有意思的事。

天晴了太阳出来了

梁洁

　　行动呐喊，思想彷徨，运交华盖，寂如野草，后人朝花夕拾。这是鲁迅。

　　萧红对鲁迅的回忆录之所以到现在仍然是个经典，是因为她写下了鲁迅先生一些平平常常的生活琐事。而小事不等于琐事，日常不等于流水账。她看似在写一些无关紧要的东西，实际上刻画的鲁迅是非常传神的，使他这个人一下子就"活"起来了。譬如说刚开始，她写鲁迅先生脚步是很轻捷的，而且是"不管不顾地往前走去"，他这个人，犟，但是很坚定，这就可窥一斑。还有一段，说鲁迅平时挺不苟言笑一人，问他一些穿衣打扮的事情，也说得头头是道，问了只说，什么书都要看一些的。实在是很鲜活、很生动。但是许广平一拿萧红开玩笑，鲁迅就不乐意了，说不要那样装饰她……

　　《论语》里也有这样的事情，例如孔子给一个盲乐师引路，到台阶前，他说"这是台阶"，到座位前，他说"这是座位"，等那个盲乐师座下之后，他就告诉他"张三在这里，李四在这里"。这看起来很没重点还很絮絮叨叨的话，却活画出一个相师仪节来了。萧红也是这样巨细靡遗地在写文章，可见她是真的敬爱鲁迅这位老师的。

萧红还写道："鲁迅先生的笑声是明朗的，是从心里的欢喜。若有人说了什么可笑的话，鲁迅先生笑得连烟卷都拿不住了，常常是笑得咳嗽起来。"这是文章开头对鲁迅先生的描写。这句话写的都是鲁迅先生平日里的生活细节，很容易就看见鲁迅先生的生活作风，内心沉稳严肃却不时会幽默、会开怀大笑，笑中也沾染了鲁迅先生的独特性格。他同时爱吸烟，众所周知，有很多艺术家有自己的激发灵感或者给予寄托的事物或者某种习惯，鲁迅先生对吸烟这回事这么热爱，也是他作为一个作家的习惯，但是也是因为他吸烟，对于他后来的病情才导致了更进一步的恶化。

"天晴啦，太阳出来啦。许先生和鲁迅先生都笑着，一种对于冲破忧郁心境的崭然的会心的笑。"这是《回忆鲁迅先生》中相关的一段，似乎很难想象，是何等的抑郁心境，才能让一个晴天可以使三者流露出这等发自内心的欢喜。

联想到作者萧红，她是一位心思细腻、对生活有着无数美好想象的女子，但是她的遭遇是不幸的，早年不满包办婚姻，曾两次充满希冀的逃到北平（今北京），但由于现实原因，终究还是回到了家中。

在这时，鲁迅一家对于萧红的欣赏和呵护给了萧红悲凉人生中最难得的温存。因此，数天的梅雨后那一缕阳光，在萧红看来，大概是能让先生一家开心甚至也能让自己开心的一件事了。

生活与生存

郭丽璇

　　最近读完了余华小说《活着》，读完之后就觉得自己读的太迟了，我早应该看看这本书，这样才能够早一些以另一种姿态，去看待自己与别人生命中的苦难与幸福。

　　我喜欢阅读，不仅仅因为阅读可以开阔我的眼界，让我看到各种截然不同的生活方式，也因为书中的某句话或某一个观点常给我以醍醐灌顶之感，让我仿佛进入了另一个陌生而新奇的国度。换句话说，我喜欢的其实是阅读本身具有的"听君一席话，胜读十年书般"的启迪作用。

　　《活着》这部小说谈到生活与生存有什么区别的时候，说在中国对于生活在社会底层的人来说，生活和生存就是一枚分币的两面，它们之间轻微的分界在于方向的不同。对《活着》而言，生活是一个人对自己经历的感受，而生存往往是旁观者对别人经历的看法。

　　这句话改变了我过去对生活的印象。我想大多数人都和我一样，对经历沧桑与磨难的人满怀怜悯与同情，当一个人一生中的大部分时间都充斥着苦难的时候，我们会将之定义为不幸的人生，其实这已是带上了有色眼镜去看待别人的生活。我们感叹惋惜，甚至会对比自己的幸福生活，带着一些幸灾乐祸，我们把别人经历的苦难放得太大，忽略了苦难之于他们同样拥有幸福快乐的时光。有句话说，每个人的生命里总有那么一段艰难，痛苦的纪念使人生变得辽阔而美好，生活是属于自己的，个中的苦与甜，没有谁能够真正地感同身受，苦存在的意义就是甜，苦难越大，才能够使我们更加珍惜来之不易的点滴的幸福。不要轻易地去评判别人的生活，在我们的眼中苦熬的一生或许当事人更多的感受到的却是幸福。

人性的关怀

秦子铉

在法属阿尔及利亚国，一场突如其来的鼠疫忽然袭击了奥兰城。这座城市没有四季分明的春夏秋冬，只有闷热而猛烈的海风，时常袭击着这座城市。这座城市没有树影斑驳的林荫小道，连春天的芳香都只来自市场上的鲜花。这座城市没有人性的关怀，只有独立于社会之外的无数个奔波于商业活动的个体。

不同于某些较为温和的瘟疫，鼠疫的爆发凶猛异常。三天内，原本隐匿在城市各个角落的老鼠汇聚成一条灰色的洪流，试图逃离隐藏的死神，最终纷纷暴毙街头。与此同时，各栋负责清理工作的门房保镖们也被诊断出淋巴木质化而相继离开人世。

里厄医生刚刚将身体羸弱的妻子送上开往疗养院的火车，就被携卷到这场甲级传染病的灾变中。省里的医生们为老鼠的异常行为和门房们的惨死争辩不休，尽管事实就摆在眼前，但他们就是不愿将这种疾病却认为鼠疫，仿佛只要不提到鼠疫的大名，嗜杀成性的瘟神就永远也不会光临这座滨海小镇。里厄医生出于自己的医德，说服了他的同行们，要求省政府进入紧急状态。

一时间，全城封闭，死亡的气息在空气中挥之不去。尽管瘟疫还未彻底爆发，凶名赫赫的鼠疫阴云早已盘踞在奥兰城的上空，庞大的阴影遮蔽了北回归线上的阳光。

这就是加缪在《鼠疫》中描绘的场景。《鼠疫》一书成于第二次世界大战期间，因为德国的侵略，加缪被迫离开家乡，远赴地中海彼岸的法属阿尔及利亚国。毫无疑问，书中的鼠疫象征着席卷欧陆的纳粹，但这本书体现的，不只是对如疾疫一般肆虐的侵略者的控诉，还有加缪对世界的思考。

后人将加缪的哲学思想归为荒谬哲学。他认为，世界的荒谬源于无意义的客观世界与追求意义的人们之间的矛盾。正如德谟克利特在他的原子论中的阐述，世界由无目的且永恒运动的原子构成，所以客观世界尽可归作无意义的机械运动。但生而为人，人类总试图在这无意义的世界中找到意义，所以就会产生荒谬。书中的鼠疫本身就是一种荒谬。它出乎意料地爆发，丝毫不受政府防疫措施的影响，最后又莫名其妙的消失。里厄医生、塔鲁等人的反抗似乎是徒然的，因为荒谬本身不受主观因素的影响。

许多年来，不少的哲学家都提出了与荒谬相似的观点，譬如萨特的"恶心"。不过，正如加缪被授予诺贝尔文学奖时的授奖词，他的作品中充满了人性的关怀。他认为虽然荒谬客观存在，但仍然可以被对抗，而对抗它的最佳途径就是勇敢地活在世上。（当然，只有那些拒绝了哲学性自杀的人才是荒谬真正的对抗者，比如《局外人》中的默尔索。）正是如此，在他的笔下，奥兰城原本相互孤立的居民们才以一种"知其不可为而为之"的悲壮精神团结了起来，共同对抗鼠疫。尽管死神每挥下一次镰刀就能带走数百条人命，但防疫措施还是随之不断升级。且不论这些措施是否有起到作用，至少奥兰城的居民们共同维护了人类在面对荒谬时的尊严。或许，正是书中那些奔走于城市的大街小巷的防疫人员、毅然投入志愿工作的法官、在教堂中庄严布道的神父、放弃潜逃出城的记者，共同凝聚出了人性的力量与关怀。

不过，《鼠疫》的结局犹如人性光芒下的一张黑纱，透过它的只有悲剧色彩了。里厄医生的妻子在全城封锁结束前不幸去世，夫妇二人因鼠疫分别一年，最终还是阴阳相隔。疫情中投入最为热情的塔鲁成了鼠疫的最后一位牺牲者，瘟神在消散前虽然耗尽了所有的力量，但却带走了里厄医生身边最好的朋友。窗外，是一幅欢庆景象，奥兰城一派繁荣。屋内，是悲壮的场面，里厄医生挺过了鼠疫，却没能拯救自己的妻子与朋友。

这最终的场景中我们只能庆幸，在这场与荒谬的碰撞中，人性尚存。

跨越时间与空间的对话

《解忧杂货店》影评

朱镜颖

　　这部电影是根据日本著名作家东野圭吾同名小说《解忧杂货店》改编拍出的。虽然我没有看过原著但也大致有了解，但看完电影之后我惊奇地发现，剧情几乎被全部改动了，除了剧情结构上还是一致的（如果不一致也不能叫作《解忧杂货店》了吧）。

　　先抛开这个不谈。《解忧杂货店》是最不像"东野圭吾"的"东野圭吾"了。有网友说，这本书里没有往常东野圭吾引人注目的悬疑和推理，看似凌乱实则缜密。每个人物都充满了矛盾和羁绊，最终又得到救赎。这段话写得很好也无法让人反驳。众所周知，东野圭吾因为一本悬疑推理小说《白夜行》而火起来，他写的大多数书也是带有悬疑推理情节的破案小说。看了许多本这样剧情缜密的书，我不妨对这本安安静静叙述一个个不同年代又有着深远羁绊的人们的故事感到好奇和新奇。

　　带着这样的心情，我和妈妈去电影院看了这部电影。演员是当红"小花旦"迪丽热巴，"小鲜肉"中的实力派王俊凯和董子健。

　　故事大致被分成了四个部分，三小只阿杰、小波、彤彤部分，无名音乐人秦朗部分，叛逆男孩浩博部分和迷茫女郎晴美部分。故事的开始平淡无奇，从入室破坏到偷车逃匿到杂货店的"遗址"，我都没觉得这是一部怎样怎样好看的电影。但随着第一个故事的开始，我的思绪渐渐浸入了屏幕中的世界，和不同时代却和一所孤儿院有这密切不可分离的人开始了一场场奇异的旅行。

> "写信的人，他们都是内心破了个洞，重要的东西正在从那个破洞中逐渐消失。人的心声是绝对不能无视的。"
>
> ——《解忧杂货店》

人都是善良的。这是我看完这部电影之后最想说的话。不管是因为一时冲动砸了院长家的三个孩子，还是为了音乐梦而把老爹气到医院的少年，还是不懂父母心一意孤行出逃的叛逆男童，还是失去方向一片迷茫的舞女，抑或多年来一直为人们尽自己所能排忧解难的杂货铺老爷爷，他们的出发点都是善良的，也是符合我们人生价值意义的。

没有人能在犯错之前找到那条对的路。这句话是我自己的想法，也不知对不对。但少年是在一次又一次的碰壁之后才找到自己的归属；男孩在经历了常人难以想象的坎坷才回归正轨，也明白了父母对自己深沉的爱；舞女也是在一次严重的失足后才找到自己的人生方向；孤儿院的孩子们也是在犯错后经历了那一晚的特殊时光，才明白院长的苦心的这些事是不会有错的。

人的一生，烦恼不会少，它将在你懂事的那天起，作为常客伴你左右。无论是在念书的幼童，还是已经走过大半旅程的成年人来说，都会有无穷无尽的烦恼。而能为别人解惑的（哪怕只是尽自己一点点火烛般微笑的力量）人却少之又少，杂货铺爷爷便是这么一个。他为别人解决的问题数不胜数，也有许多人在这里找到了一个平台，将自己压藏于心底的困惑诉说给别人。虽然爷爷在经历了浩博的一事后开始怀疑自己这么做的正确性，他会猜忌是因为自己的意见，才造成了那一家的不幸发生。

影片中，当爷爷决定关掉解忧杂货店的那一刻，我的心情很复杂。我很希望在我的身边也能有爷爷这样善良的人出现，我会将自己的烦恼分享给他，然后期待着那一份回信。其实爷爷的自责是不怎么正确的（但爷爷心地善良，但有时也会糊涂），爷爷只是充当着一个和蔼可亲的解惑者，他只是给出自己的意见却没说接收者只有按照他的方法来才能摆脱忧愁的困扰。

爷爷最后那一幕似交代后事般的安排让我不禁鼻头一酸。爷爷说，我要再陪陪这个店，他想再看几封信，他也会像个孩子一样期待着那些接受过他帮助的人未来的样子，他会希望他们能过得很好，能少一点烦恼……

"那一张一张的信，是每个手握地图却依然不知自己身处何方的迷失者的指南针，更是发现地图只是一张白纸的心存恐惧者的一剂强力的安慰剂。不要犹豫，不要彷徨，大胆地上路吧，因为每一条你所走过的路，其实都是你人生的必经之路。你是自由的。"——来自一位网友对《解忧杂货店》的评价总结，这也是我看完电影之后再回味时的感触。是啊，人生中每一条路都是你必经的，不要管什么人给出了什么样的意见，也不要管什么人尝试着去改变你的航线，相信你自己的心，你是自由的，你的未来由你做主！

最后，如果可以的话，我希望解忧杂货店一直存在着，永生永世屹立在人们的心头。

我与《红楼梦》

夏琦临

用大人们的话来讲，我是个早慧的孩子。因为识字早，所以看书也早。二年级时，我就读完了四大名著的青少年版。拼音版的薄薄几本书，花了我两个中午读完。虽说简写版的四大名著我都读了，可最后啃下来原著的只有《三国演义》和《红楼梦》。《三国演义》是小学时老师布置的必读书目，也许是因为当时我心中没有英雄豪杰所怀的那种大志，所以看过一遍后根本没有再去翻阅的欲望。而《红楼梦》是我真正感兴趣的一本名著。我从四年级开始读原著至今，从头到尾读完整篇《红楼梦》应该至少有四遍，剩下的几遍大多是上了初中以后用零散时间看的。

近六年来，我看过三个版本的《红楼梦》。第一本，也就是我最初读的那一本《红楼梦》，是1987年岳麓书社出版发行的。第二本是仅有80回的脂评本。第三本是在学校才可以见到的，人民文学出版社出版的《红楼梦》。三个版本中，我最喜欢的是岳麓书社出版的那一本。那本《红楼梦》是我妈妈在她的学生时代买的，当我读到它时，它的封皮已经破损，书页也已经泛黄了。又因为那段时间频繁地翻看，封皮脱落后很快被我妈淘汰。从小我就特别念旧，在后来读脂评本时，我总惦记着那本不知所踪的《红楼梦》。我想念它泛黄的书页，经过时间发酵的旧纸张味儿，以及书后附录中的大观园平面图和人物简表。这种感情，在语文课开始学习《红楼梦》选段时，变得尤为强烈。

在老师做出需要人手准备一本《红楼梦》的要求后，我开始在购书网站上寻找岳麓书社所出版的《红楼梦》。可是一打开页面，评论区几乎全是差评，看图片也感觉纸质很差的样子，且旧版已经不再版了。所以，我转而用另一个条件来筛选《红楼梦》。读1987年版《红楼梦》时，我印象最深刻的其实是它的前言。后来我几乎没有在其他版本的《红楼梦》中读到那一篇前言。找书时，我还不知道那版前言是谁写的，于是我搜索了一下那版前言中我记得最清楚的一句话："《红楼梦》既是女性的颂歌，又是女性的悲剧。"查找之下，我才知道这一篇前言是舒芜先生写的。再在网络上检索，舒芜先生作序的《红楼梦》也特别少，几乎都与岳麓书社的差评很多的那几本重合了，无奈之下，我只能买了人民文学出版社出版的版本。

近年来出版的《红楼梦》基本上都是冯其庸先生写的前言。这一篇前言主要分为三个部分：其一是曹雪芹的生平；其二是《红楼梦》之所以取得这样的成就的原因；其三则是关于校注和不同抄本的区别。而舒芜先生的前言更多的是关于作品本身的各个方面，因此，篇幅上就比前者要长。就算是作为一篇专门研究红学的参考文章，也是极具价值的。我十分爱读这篇前言，以至于我觉得少了这篇前言的《红楼梦》，就不是一本全的《红楼梦》。几经犹豫后，我还是买了人民文学出版社版《红楼梦》，妈妈看出我的郁闷，便又到旧书网去淘书。当她告诉我有我需要的那个版本后，我几乎是狂喜。最后我们花了五块钱，买到了这本1994年岳麓书社再版的《红楼梦》——其中，附着大观园的平面图和人物关系表以及我心心念念的前言。

以下，摘录舒芜先生的前言中的一段：

> 《三国演义》写的是雄主名王、谋臣勇将之事；攻城略地、纵横捭阖之心。《水浒传》写的是草莽英雄、江湖豪杰之事；仗义行侠、报仇雪恨之心。《金瓶梅》写的是恶霸帮闲、淫娃荡妇之事；谋财渔色、献媚争宠之心。这些都是大家久已熟悉的以男女——特别是成年男女为主的世界。作者以阅尽沧桑的老眼，看透这个世界的深层底蕴，写出来给我们看，其中有各种美，但没有青春纯洁的美。《西游记》是古之儿童唯一能当作童话来读的作品，其实不是童话，鲁迅把它列入"神魔小说"一类是对的，儿童读起来已经有一些不理解不喜欢的东西，成年以后还爱读的，恐怕不会有很多了。只有《红楼梦》写的是一个以少男少女——特别是少女为主的世界，然而并不是幼稚无知的世界，作者也是以阅尽沧桑的炯炯双眸，看透了这个世界的深处。大家都知道，他实际上是从自己少年时代的亲身经历中取材的。回忆的温馨、身世的悲凉，更给作品增加了艺术的魅力。

《红楼梦》对于我来说远远不止是一篇文学巨著，它既是我童年的回忆，也是我在茫茫书海中之所爱，更是我文学和美学上的启蒙读本。虽然随着我慢慢长大，时间越来越少，能完整连贯地读完一遍它已经很难做到，但每次翻开它，我还是觉得其中有一种难言的魔力，让我不由自主地沉浸其中。也许，这就是《红楼梦》的魅力吧。

揉碎桃花红满地——读《红楼梦》

桂睿培

这尤三姐何等刚烈人，在《红楼梦》的回中可着实体会到了。

先是之前，贾琏偷娶了尤二姐，又想撮合尤三姐和他大哥贾珍，谁知尤三姐压根不吃这一套，跳起来站在炕上指着贾琏就是一通大骂，还不带脏字的那种，句句犀利，把事情看了个明白，也不避讳，叫那贾琏吓得酒都醒了大半——因为根本想不到是这么个"泼辣户儿"。

"这三姐索性卸了妆饰，脱了大衣服，松松的挽个纂儿，身上只穿着大红袄儿，半掩半开，故意露出葱绿抹胸，一痕雪脯，底下绿裤红鞋，鲜艳夺目。"又说"那一双秋水眼，再吃了几杯酒，越发横波入鬓，转盼流光。"这描写的尤三姐可真是风情万种。她是少有的泼辣直率和性感撩人结合，让那贾珍贾琏看得欲进不敢，欲远不舍，真是被尤三姐握于掌中，动弹不得了。那尤三姐也任性得很，酒足兴尽后，她便撵了贾兄弟二人，自己关门睡去了。

尤三姐在用情方面也是一往情深，她相中的是那五年前有一面之缘的柳湘莲。"他是那萍踪浪迹，轻易不见人影。"可尤三姐说了："这人一年不来，她等一年；十年不来，等十年；若这人死了，再不来了，她情愿剃了头当姑子去，吃常斋念佛，再不嫁人。"尤三姐有这般痴情，为一段可能永远等不到的爱情，她就能说到做到。

但可惜，痴情儿最终等来的是个悲剧。

柳湘莲原定要一个绝色的女子，虽然他后面又说"任凭定夺，我无不从命"，但他到底心里始终有这个念想的。贾琏让他留下个定礼，他倒是十分了解柳湘莲是个心不定的人。柳湘莲答应得爽快，将他传代之宝"鸳鸯剑"交去作为定礼。"弟纵系水流花落之性，亦断不舍此剑。"这番诚意，看起来貌似挺信得过。三姐看到此剑"冷飕飕，明亮亮，如两痕秋水一股"不禁喜出望外，大概不敢相信幸福来得如此突然，连忙收了，挂在自己绣房床上，每日望着剑，自喜终身有靠。尤三姐喜这把好剑，更喜她终于找到了依靠，哪怕还并不了解他究竟是怎样一个人。

柳湘莲后来从宝玉那儿得知贾琏偷娶尤二姐的事，又犹豫了起来，他说："路上忙忙的就那样再三要求定下，难道女家反赶着男家不成？我自己疑惑起来，后悔不该留下这剑作定。所以后来想起你来，可以细细问了底才好。"看起来柳湘莲这番话有点渣，但仔细想他说出这些话也情有可原。对于这桩"天降的婚事"，他总不能傻乐着就接受了，也知道贾琏不会无缘无故来给他张罗这些。他一个平日常不见影儿的人，怎会随便就整了一个人。但他现在又后悔了，只能说为人处世还有些青涩，轻易就应下了，还交出了传家宝。他又比较天真，想着去要回鸳鸯剑，以一个"家姑母于四月订了弟妇"的看起来就知道是借口的理由想退婚。那尤三姐哪里听不出来这其中的意思，好不容易等了心上人来，今忽见反悔，又觉得他可能在贾府中听了什么话来，把她当成了淫奔无耻之流，不屑为妻。

若真是这样，尤三姐自然是无法接受的，便将鸳鸯剑亲自交还给柳湘莲，交付一瞬间竟用那鸳鸯剑的雌剑自刎了。

　　尤三姐恨柳湘莲吗？大概不是，只是自己的一厢情愿，五年的盼望以为终于要开花结果，可就这样不了了之，反倒要被心上人误会成淫奔无耻之流，既然这一朵痴情已碎，倒不如一死了之来纪念，也要叫那柳湘莲看清，自己究竟是怎样一个人。

　　那柳湘莲见此，惊得大哭，万万想不到是这等绝色、这等刚烈的女子。连哭几场，昏昏默默，告辞而去了。

　　两人最后是一个有些"传奇"的结局：柳湘莲看那尤三姐一手拿着鸳鸯剑，一手拿着一卷册子向他哭道："妾痴情待君五年，不期君果冷心冷面，妾以死报此痴情。妾今奉警幻仙姑之命，前往太虚幻境，修注案中所有一干情鬼。妾不忍相别，故来一会，从此再不能相见矣。"柳湘莲不舍，忙于上来拉住问时，那尤三姐一甩手，便自去了。

　　自此柳湘莲惊醒，似梦非梦。睁眼看是一座破庙，旁边坐一道士。柳湘莲掣出那把雄剑，将万根烦恼丝一挥而尽，便随那道士去了。

　　或许是对尤三姐的愧疚，又或是对情的困惑，柳湘莲，这个本是萍踪浪迹的人，在为尤三姐的痴情所震撼之后，又消失于天地之中，飘然而去了。

我们如何运用大脑
——读《沉默的大多数：思维的乐趣》

夏绮临

　　在此之前，我其实没有认真思考过这个问题，此时想到这个问题也并不能给出一个完美的回答。在我人生过去的十六年里，虽然不想承认，但我被动接受的知识，远远多于我主观思考后所得感悟。我并不以之为耻，但说起来总觉得有些不是滋味。在我这个年纪，人生阅历的缺乏确实限制了一定的思考深度，但同时这也是一种优势，一种不被固有思维所束缚、未经社会打磨而有底气浪漫的优势。人生阅历没法强求，时间会带领我们在这一方面逐渐"脱贫致富"。

　　许多人爱在表述时将大脑当作一个容器，在某种程度上我是认同的。大脑有一定容量，我们用到的不过其中一小部分。它是不同的知识和观点反应的场所，是记忆和情感储存的地方。但我更倾向于把大脑当成一台能够自产的机器，它不仅接收外来的事物，还需要消化基于思考进行加工、包装，最终产出属于个人的精神产品。这些精神产品的质量不可能全优，优秀的可能会成为个人甚至全人类的精神财富；剩下的虽然稍逊一筹，但也没有必要全盘否定，毕竟那些都是思考后的成果。文中提到了思想的"善"与"恶"。有些人认为，大脑应该充满境界高尚的思想，去掉格调底下的思想。但其实无论好坏，这些都是我们自己的一部分。如果把所谓"善"的思想填满自己的脑子，将其他所谓"不高尚"的思想全部摒除，我们还是我们吗？充其量不过是个脑子被调包了的可怜人罢了。最大的"善"，是拥有一个明辨是非善恶的大脑，而不是将自己的头脑变成一个塞满教条的草包。

王小波说："得不到思维的乐趣是比死亡更可怕的事。"他认为机械行为所带来的快感不能与思维带来的快乐相比。在我看来，快乐这种情绪是没有高低贵贱之分的，因为不管是因何而乐，在感到快乐时人们总是在分泌着同一种多巴胺。但娱乐的方式大约是有高下之分的，机械行为如暴饮暴食是为生理上的满足感，而精神活动如思考则是为在心理上得到取悦。所以我认为，思考是一种更高级的娱乐。

大脑不仅仅用来思考，它还具有学习、获得知识的功能。但很多时候我们学习到的东西是什么并不由我们自己决定。"知识虽然可以带来幸福，但假如把它压缩成药丸子灌下去，就丧失了乐趣。"学习的乐趣在于自我探寻、自我追问的过程。也许我们现在不能完全依照自己的兴趣来选择自我学习的内容，但我们不可能一生都在应考，想要真正体会到知识带来的"幸福"，我们还有很长时间可以为之努力。

读王小波的著作特别有意思。他说，中国从汉代以后就一直在进行思想上的大屠杀。其实这一点早在秦始皇焚书坑儒是就已初现端倪。那时统治者的意图还是很直白的，那就是"愚民"。后来汉武帝独尊儒术、武曌推崇佛教，其根本目的也都无甚差别，都是为了维护封建统治和社会稳定。纵观历史，世界上每个各个国家都发生过这样的事，只是他们在这个不变的核心外面包了一层层精美的包装，让人们相信那只是一份精美的礼品，而不是证明自己思想被掌控的证据。

　　某个瞬间我猛然想到，我们说某个人"三观不正"的标准又是从何而来呢？我们作为"山中人"，"不识庐山真面目"是常态，那么在"局外人"看来，这座"山"究竟是什么模样？

孤独者的悲剧——《边城》人物分析

张懿

我在想，翠翠和傩送为什么没有一个美好的结局？

从全书来看，无论是他们本人，还是爷爷和顺顺，或者是其他的旁观者，都认为横亘在他们二人之间的是天保的死。天保大老自知自己唱歌不如弟弟，断然驾船远行做生意，他便是在坐水船时出了事。他的死让顺顺父子俩都不能再坦然接受翠翠，爷爷没有弄明事情原委去探二老的口风时，二老说了一句"天保大老的死，难道不是真的！"也因为天保的死，让顺顺心里有了疙瘩，"船总性情虽异常豪爽，可不愿意接见把第一个儿子弄死的女孩子，又来做第二个儿子的媳妇，这是很明白的事情"。

翠翠是作者笔下美的化身，十五年前，她的母亲和一位军官发生了暧昧关系后便有了她，她的父亲为了军人名誉服了毒，她的母亲生下她后吃冷水死去。她是自然之子，触目为青山绿水，一对眸子清明如水晶，她有着父亲的坚持，也有母亲的坚强，她向往那种朦胧的甜蜜的爱恋，但作为他们的孩子，她在爱情上是不勇敢的。

傩送是船总顺顺的二儿子，他的父亲慷慨正直，正直不爱财，他的母亲秀拔出群，不爱说话，为人聪明又富有感情。傩送与他的哥哥都是和气不浮华之人。但根本上，哥哥天保随了父亲的豪爽直接，弟弟傩送则有着母亲的温柔细腻。天保是洒脱之人，所以他大胆地说出了对翠翠的爱恋，而傩送和翠翠，他们将喜爱藏在心底里，只有脸上那一抹绯红和急促的心跳述说着他们的心思。

　　爷爷在十几年前经历过丧女的悲痛，所以对待翠翠的婚事，他是十分谨慎的，甚至带有一丝的害怕。但他一直没有明白，翠翠心里的人是二老而不是大老。他多次给翠翠讲起翠翠母亲那段悲惨的爱情，他可能只是想起了他的女儿，但这样的讲述在翠翠听来，让这个敏感的女孩在爱情中变得更加不知所措。王乡绅看上了傩送，并以一座碾坊为嫁妆，顺顺是知道的，顺顺也知道大老喜欢翠翠，但他不知道傩送他要的是渡船，不是碾坊。爷爷和顺顺，他们不开明吗？当然不是，他们都很爱自己的孩子，但他们从未和孩子有过交流，他们不知道翠翠和傩送的真实情感，他们是最亲的家人，但何尝不是陌生人，这种心理上的距离，是致命的。

　　翠翠和傩送本质上都是孤独者。翠翠唱歌给自己听，和黄狗去采虎耳草，傩送夜半爬到高崖上唱歌，哥哥死后独自一人出走漂泊。他们各自是一座孤岛，他们或许意识到了，但他们无力改变。孤独的人相遇了、相爱了，他们原本性格中的细腻敏感加上长期以来深深的孤独后，让他们胆怯。这种胆怯，让三人之间的爱恋变得模糊不明朗，这在很大程度上导致了天保的死，导致了这段悲剧。

　　翠翠没有等来傩送和她一起去摘虎耳草，他们俩骨子里的孤独让他们没有最美好的结局，但认真想想，这或许是最合理也是最好的结局。

群体心理的特征——读《乌合之众》

张懿

人是群体动物吗？小到一个家、一个社区，大到社会、国家，不都是由一个个的个体聚集在一起形成的群体吗？这是通常的定义，在这样的定义中，我们着重于他们"聚集"的这个行为，忽视了他们各自的身份特征、信仰文化，也没有探究他们走到一起的原因。研究社会心理学的勒庞写的《乌合之众》一书中，即站在社会学、心理学的角度上，认为所谓心理群体，是在某种既定条件下，因感情和思想全都往一个共同方向而聚集成群的人形成的暂时性团体。

变成心理群体的人表现出来的首要特征，是自觉的个性的消失，原先的感情和思想也会转向一个不同的方向。他们形成了一种新的集体心理，也就是说，在这样的群体中，他们会获得相同的特征，受群体精神统一支配。这样的特征，打破了平常群体的局限性，心理群体中的人不一定是"先聚集后产生群体"，他们可能在不同地区，却因有着相同的思想和情感，而逐渐形成一个心理群体，这种现象在国家出现重大变革时最为常见。如抗日战争时期的文人，他们在此之前可能素不相识，可能这一生都只会是萍水相逢的他乡之客，甚至可能有不同的文学或政治立场，但在家国危难关头，他们的思想都转向了一个方向，他们原先所谓的个性消失了，取而代之的是想保护文物、守护文学、保卫国家的共性心理，所以我们能看到一个个研究所的成立。那时候，一点风吹草动就会让他们进入戒备状态。在我们身边也有这样的事情，学校里一个新社团的成立，是因为很多同学心里有着共同的爱好和追求，有一个人发出了召唤后，他们便聚集在一起。

当集体的感情和思想都指向一个明确的方向后，这个群体会产生出新的特点，完全不同于孤立的个体的特点，这是个惊人又有趣的现象。首先是当人身处群体时，会感到一种势不可挡的力量，使他敢于发泄，这意味着对自我的约束在消失，就像打群架的人说出"放学别走！"展现出来的硬气。第二个原因是群体间的感情和行动都有传染性，所以我们能看到在游行示威队伍中，总是几个"主力军"开始，随后不断有人加入他们的队伍。这种相互传染的结果是使群体的人易于接受暗示，这正是决定群体特点的最重要原因，此时的个体将进入失去人格意识的状态，会对使自己失去人格意识的暗示者唯命是从，结果便是在冲动下采取行动。在某些血腥的暴行中，体现的正是这个"暗示现象"，两次世界大战就是很好的例子，我们常说那都是一群毫无人性的恶魔，实际是大部分人控制自我的能力的消退，他们有意识人格的消失，使得他不再是他自己，受到暗示者的暗示后展现出完全无法想象的残忍。

总结来说，群体在智力上常会低于孤立的个人，但从感情上看，好与坏取决于环境。爱国运动中群体所表现的团结一心自然比个人要强烈得多，但如果环境是负面消极的，群体所表现出的残酷和消颓将远远超过孤立的个体。所以我们不能一味地从犯罪角度看待心理群体，而选择性地忽视了英雄主义群体，正是英雄主义群体以满腔热血干大事，使得历史中有"群体"光辉灿烂的一笔。

《霍乱时期的爱情》读书笔记

陈倩儿

　　这是一个绵长的故事，有很多地方我读得力不从心，甚至读到中间的时候，一度曾不想再读下去。最主要的原因有两个，一是我自己是个浪漫主义者，喜欢幻想，对这种写实的故事很难感兴趣；二是作者对内容的描写过于平乏，他的长篇小说以对话极少的特点著称，由此只能从旁观者的角度去讲故事，大段大段的不分自然段、也不分章节的内容实在让人读得很累，讲述的过程也因为太多的铺垫而让故事失去情节味。

　　但总的来说，这还是一个很有教育意义的故事，毕竟作者加西亚·马尔克斯是中年之后写的小说，作者将自己的很多人生感悟都融于其中，并且故事是根据他父母的真实故事改编的，由此就有了真实生活的味道。故事写于1985年左右，不得不说作者于那个年代能以如此露骨而又不失理性和智慧的笔墨写下这样的作品，确实很了不起。

　　故事中阿里萨与费尔明娜的爱情最令人唏嘘，很震撼的史诗般的爱情，但终究错开了彼此最美好的年华。我很佩服阿里萨的执着与勇气还有耐心，但对他滥性而且不分老幼的糜烂生活不能苟同，他一生除了靠亲人赢来的地位和财富，仿佛就只有性这一样追求，这是极其不现实的。对于费尔明娜，我不能说她为了名誉和物质背叛了自己的良心，去爱了一个不爱的人，也不能说她再次接受阿里萨的爱过于自私，因为她是一个到死也无知的女人。

故事在"什么叫现实"方面给我们好好上了一课，"爱情是什么"这个千古疑题永远没有答案。就如故事所讲，有了幸福和安全感，并不等于爱情。像费尔明娜这样看似幸福却没有嫁给爱情的人不在少数。现实里不会有这样偏执的阿里萨，但这样的爱情悲剧却不少。

一生不长，但是也足够你历尽酸甜苦辣，于爱情、于任何我们的欲望都是如此，真正值得追求一生的东西，大概是不存在的，这就是社会的规则，让你痛，让你改变方向。所以我们要游刃有余地去选择、去执着，把最好的精力留给最可能散发出无限光辉的那件事。

扭曲的微弱光源——评《白夜行》人物桐原亮司

陈懂华

　　幸福的人一生都会被童年治愈，不幸的人一生都在治愈童年。

　　这部小说留给我的，是一条气愤得折到皱巴巴的纸质书签，还有对一生都在黑暗通风管里爬行的少年的悲悯。

　　桐原亮司的原生家庭，是经营当铺营生的，母亲与雇佣的店员松浦存在婚外情，因多次目睹母亲与店员在家时的丑态，他常常前往图书馆并结识了出生于贫困家庭的雪穗。而桐原的恋童癖父亲，雪穗是他的对象之一。一次偶然，亮司在破旧厂房见父亲要对雪穗实施侵害，十一岁的亮司用自己锋利的剪刀刺穿父亲胸口，送雪穗走后，他独自从通风管爬出去。机缘巧合下，负责案件的刑警错失查出凶手的机会。"弑父"后，亮司一生都在这一节黑暗的通风管挣扎。十九年后警察笹垣终于查出了案件真相，而亮司用剪刀对准心脏纵身从二楼跳下，用生命完成对雪穗最后的守护。

　　案件轮廓逐步清晰时，刑警笹垣用虾虎鱼与枪虾之间互利共生的关系来比喻桐原与雪穗之间的关系，片面地从一个资深警察的角度来看两者的利益关系。而桐原与雪穗之间，远不止互利共生的关系，他们是彼此无法取代的光。小学时亮司常常剪纸给雪穗看，他们有共同爱看的书——《飘》。长大后雪穗为亮司偷来游戏程序，他们一起清除阻碍他们生存发展的障碍，共同谋划侵害江利子、美佳，杀害桐原洋介、西本文代、奈美江、松浦和今枝，我看着他们一次次完美得手，一次次将无辜的人推向深渊，一次次在黑暗的道路上越走越远，我的书签被气愤的我折成一段一段。

在得知亮司一生的完整故事前，我是痛恨桐原亮司这个一直偷偷给予雪穗光亮的角色的，甚至不能理解牺牲自己连累别人的赎罪方式，而他的牺牲，也使得雪穗的欲望不断膨胀。在得知他做出这一系列报复性举动的源头后，我又投以最真实的同情与理解。亮司的一生，从他选择解救雪穗那一刻起，注定是要活在黑暗里，为"弑父"埋单，为谎言圆谎，为自己赎罪，他一生的事业便是——成为雪穗的不可替代光源。

原生家庭的影响扭曲了亮司的一生。亮司从来没有得到父母的关爱，父母给了亮司最大的伤害。童年的创伤是亮司一生走不出阴郁黑暗的根源，而雪穗对于童年缺爱的亮司无疑是人生第一道光，眼见父亲要熄灭这一道光，亮司不得不选择守护。守护雪穗是亮司生存下去最好的选择，因为他没有任何其他的精神支柱。从整个故事来看，亮司从来没有对当时的选择后悔。最大代价的两次守护是故事的头与尾。弑父，是第一次守护雪穗；自杀，是最后一次守护雪穗，前一次付出的是父亲的生命，后一次付出的是自己的生命。亮司永远活在夜里，亮司唯一一次出现在光明下是雪穗的店名"R & Y"，是他们两人的名字缩写，也只有在书中那段描写中，亮司是愉快的轻松的。亮司眼里，雪穗值得他永远守护永远追随。所以他的新年愿望是："在白天走路。"即使他清楚只要还守护雪穗，他这一生都要在黑暗里度过。

而我觉得他真实的愿望是：和雪穗一起手拉手在阳光底下散步。对于平凡的人来说，和自己心爱的人拉手散步很简单，但对于一生都在治愈童年的亮司来说，是这一生都不可能做到的事情。

亮司内心隐藏着真与善。从某种程度上来说，我是佩服亮司这一人物的勇气的，还有他的执着，还有他的深情。友彦与亮司的相识是因为援交，亮司对胆怯懦弱的友彦还投过鄙夷的目光，但友彦却是亮司除了雪穗外唯一保护过的人，也是故事里亮司唯一一个给予直接祝福的人。友彦有了女友之后，亮司有意识地不让友彦参与违法，无疑此时的亮司是真诚的。残忍的拒绝，是亮司所能送给友彦的最大的帮助。

"我也来……帮忙。"

"我拒绝。"

"可是，很危险啊……"友彦咕哝着。

亮司送了一个精致的剪纸给友彦，是一个男孩与一个女孩手牵手的图案。男孩戴着帽子，女孩头上系着大大的蝴蝶结，非常精致，亮司把这幅作品当作新婚礼物送给了友彦和他的女友，是整个故事最为温暖的瞬间。如果这个女孩是雪穗，这个男孩是亮司该有多好？友彦作为一个计划之外的人物，却真正地走入了亮司的生活，并且获得了亮司心里不多的温暖。如果不是童年的不幸与遭遇，亮司也许会步入正轨，也许还是沉默寡言，但他会是真诚善良的，正如他所说"不想伤害其他的人"。

亮司还是一个很自私的人，而他又是一个百分之百的付出者。亮司某种意义上说不像是一个人物，而是每一个人都所具有的双面性。一方面我们愿意为我们所热爱的付出，另一方面对于不利于己的通常选择不理不睬。每个人生来利己，每个人在面对威胁时都会反抗，每个人都想成为别人的光源，而在这不断攀爬的过程中，有多少人放弃了在白天的路上行走呢？亮司的方向错了，他明白没有机会回头，也放弃自救，不断坠落，他走向了扭曲，也迎来了最后的死亡。

让人无法直视的，除了太阳，还有人性。这本书里有太多的谎言，几乎没有明亮的地方。而对人性深刻的认知，对谎言的不断掩饰，正是这本书的宝藏。

都说不能以正常人的思维去理解桐原亮司与唐泽雪穗，而小说人物不一样也会有人的情感人的思维吗？换作是我，在同样的环境下，我也许也会走向亮司选的这条黑暗的路，还未必能完成他的事业——成为雪穗世界里替代太阳的微弱光源。

美在少年——《少年的你》影评

方林浩

　　几经周折,《少年的你》在院线"零宣传"后上映了。身为本片资深的长期追踪者,我原本急切的心已被等待磨平。果不其然,惊喜之余,我更为其历经沉淀打磨而欣喜——它已然是一件更加趋于完美的艺术品——我静静地欣赏了它,几乎没有那种漂浮的情绪。

　　电影上映后,网络上的观众影评与自媒体评析的角度纷纷集中于影片内核——校园暴力,也对这部电影的社会价值有多重评价,所以这不是我想讲的。电影除了校园暴力之外之所以动人,是它作为影像艺术本身释放而出的"美",我想谈谈它的美。

　　其美之首,是它表现出来的人物的"鲜活感"。为什么我用的不是"真实感",我想,我们说一部艺术作品中的人物真实,不一定是在我们遇见过的相似的人,而是人物本身的层次感。人物是多重因素的集合体,而且这些元素组合在一起合情合理,通过剧情的发展,我们接触到了人物的性情、遭遇,从而激发了我们的同情、感同身受、无奈等感情,这时我们就被这个人物打动了。

让我印象很深刻的是陈念母亲这个角色。她一人撑起一个家的顶梁柱，却无奈被人骗去做的违法的生意，只好负债累累、逃往他城，讨债人每天的狂轰滥炸由女儿一人独自承受。

母亲悄悄回家后，她敷着自己卖的致敏面膜，佯装轻松地跟陈念闲聊，她说：不敷也是浪费。陈念帮她染发，聊天中，母亲感叹着一夜间白了头，想着早点能回笼资金，给陈念上大学用。然后问陈念，最近学习是否还好，陈念说还行，排到年级前十，镜头切给母亲特写，她的嘴唇微微崛起，眼睛有点红，盈着点泪水，说，她这个妈不怎么样，让陈念再咬咬牙，等大学毕业，她们就熬出头了。这样一个母亲，贪小便宜，带着点天真狡猾的色彩，性格深处有些想着逃避，给陈念带来了许多阴暗。从她的言语中能看出她对未来充满着希望，对现状充满无奈，从她的神态中表现出了生活的艰辛。说她负责也可以，说她不负责也可以。她在尽力艰辛地保障陈念的未来，也有时逃走，留下灰暗的让陈念承担。一个安静的染发镜头，人物的各个层次都展露出来，让人也觉得很心酸很无奈，意蕴无穷。

更触动人心的是电影展现出来的是渺小力量闪耀着的微光、执着单纯的守护迸发出来的花火、选择的不成熟也有其价值。

陈念和刘北山，一个心怀愿望的高三生，一个街头混混，因为互相"拯救"，把看似不相关联的两个人物连接在了一起。

有一组连续镜头，对白寥寥无几，但是深深打动我。每天陈念可以回到小北家，安心学习、备考，她可以安稳下来为自己的梦努力了，不被外面动乱的污浊打扰，小北就静静看着她，陈念累了，小北就带着她去飙摩托，去吓唬开过小道的汽车。陈念把他从绝境中拉出来，小北因为心中被激起的善念就执着单纯地守护者陈念，带着她体验了她十多年寡言少语、安分守己不曾有过的体验，让她无忧去奔跑。一连串镜头，加上配乐，是整部电影少有没那么压抑的镜头了，但也更突出这份无忧、安稳情绪的不易，更突出两个微小力量相互扶持，匍匐着艰难前进散发出来的动人光芒。

后面，小北通过一系列掩盖，帮陈念顶着过失杀人的罪名，陈念也很快明白了小北的用意。这看似不成熟，选择却因为这不成熟而显得可贵。不论怎么审问两人都不松口。两个少年，只想逃出这滩淤泥，谁先谁后都行，这份挣扎，因为还想对抗黑暗而令人心疼。

陈念最后还是自首了，与小北共同承担最后的结果。不管最终选择如何，这段青春，终有些许片段被校园暴力的大背景变得些许破碎，但最终还是迎来了不易的光明。

如今，想起《少年的你》，单是那些送考的背影，哪些誓师时的奋力呐喊，那毕业照里一张张笑颜高度融合的配乐配合都振奋人心。这些简单的感动，来源于影像与音乐配合的艺术性。

《少年的你》，是一件少年气质满满的艺术品。熬过那些沉重的曲折与苦痛，感动之中，我们仍是少年。